DU MÊME AUTEUR

Aux Éditions Rivages

ACIDE, ARC-EN-CIEL
UN NUAGE COMME TAPIS
EN HAUT À GAUCHE
REZ-DE-CHAUSSÉE
TU, MIO
ALZAIA
PREMIÈRE HEURE

Aux Éditions Verdier

UNE FOIS, UN JOUR

Aux Éditions Gallimard

TROIS CHEVAUX
MONTEDIDIO

Du monde entier

ERRI DE LUCA

LE CONTRAIRE DE UN

nouvelles

Traduit de l'italien par Danièle Valin

nrf

GALLIMARD

Titre original :

IL CONTRARIO DI UNO

Aux mères,
parce qu'être deux commence par elles

MAMM'EMILIA

En toi j'ai été albumen, œuf, poisson,
les ères sans limites de la terre
j'ai traversé dans ton placenta,
hors de toi je suis compté en jours.

En toi je suis passé de cellule à squelette
un million de fois je me suis agrandi,
hors de toi l'accroissement a été immensément mineur.

Je suis éclos de ta plénitude
sans te laisser vide parce que le vide
je l'ai emporté avec moi.

Je suis venu nu, tu m'as couvert
ainsi j'ai appris nudité et pudeur
le lait et son absence.

Tu m'as mis en bouche tous les mots
par cuillerées, sauf un : maman.
Celui-là le fils l'invente en battant ses deux lèvres
celui-là le fils l'enseigne.

De toi j'ai pris les mots de mon lieu,
les chansons, les injures, les blasphèmes,
de toi j'ai écouté mon premier livre
derrière la fièvre de la scarlatine.

Je t'ai aidé à vomir, à cuire les pizzas,
à écrire une lettre, à allumer un feu,
à finir tes mots croisés, je t'ai versé du vin
et j'ai taché la table,
je ne t'ai pas mis de petit-fils sur les genoux
je ne t'ai pas fait frapper à une prison
pas encore,
de toi j'ai appris le deuil et l'heure où y mettre fin,
je ressemble à ton père, à ton frère,
je n'ai pas été fils.
De toi j'ai pris les yeux clairs
pas leur poids
à toi j'ai tout caché.

J'ai promis de brûler ton corps
de ne pas le donner à la terre. Je te donnerai au feu
frère du volcan qui orientait notre sommeil.

Je te répandrai dans l'air après l'averse
à l'heure de l'arc-en-ciel
qui te faisait ouvrir grand les yeux.

VENT DE FACE

Les premières fois, tu fais l'expérience du vent que font les corps en course. Tu vois la fuite qui t'arrive dessus, les tiens se sauvent, tu restes sur un bord pour ne pas les avoir sur toi. Ils courent en silence, pas de cris, le souffle sert tout entier pour les jambes. Tu regardes leur course. C'est du vent de face, des corps de garçons et de filles giclent plus loin, personne ne fait attention à toi. Puis quelqu'un dira oui, je l'ai vu, il était immobile dans un coin, appuyé au mur.

Derrière, arrivent les troupes en uniforme. Toi, tu attends le peu de terrain neutre entre ceux qui s'enfuient et ceux qui leur courent après, tu te détaches du bord, du mur, tu lances ce que tu as dans la main, tu tires vers le bas pour faire trébucher, puis c'est ton tour de gicler. Tu as eu le temps de regarder où il faut aller, où est ton avantage, de préférence en montée. Les poursuivants sont déjà essoufflés et n'ont pas le courage de courir dans une côte. Même s'ils veulent te tirer dessus, une cible en hauteur est plus malaisée.

Tu as peu d'avance, quelques mètres, mais avec ta sortie tu as dérangé leur galop, pour quelques secondes, tu les as surpris. Ils ne voient que toi, mais le doute qu'il y en ait d'autres les effleure, et une seconde encore ils regardent autour d'eux. C'est un vieux vice de la peur de ne pas se fier à ses propres sens dans un moment d'excitation. Tu en profites et tu gagnes des mètres. Ils ont enfin compris que tu n'es qu'une esquille, celle qui frappe les jambes écartées de ceux qui abattent un arbre avec une hache. Derrière toi éclate leur colère qui les entraîne à ta poursuite, tu entends quelqu'un hurler de t'attraper, tu penses : tant mieux, ils gaspillent leur réserve d'air en cris, en vents, dans trente mètres ils auront le souffle coupé, ils devront s'arrêter en pleine course pour reprendre haleine. En attendant, tu as dérangé leur poursuite, les tiens sont à l'abri et tu peux ralentir, essayer de les rejoindre plus loin à l'endroit convenu en cas de fuite. Toi : qui es-tu ?

Tu es quelqu'un qui, un jour, est resté sans bouger dans une charge des troupes. Tu as eu peur en voyant la course bancale de ceux qui t'entouraient, car si l'un d'eux tombait, les autres, pris de panique, risquaient de lui passer dessus. Tu souffrais de voir la course maladroite de tant de filles qui alors n'allaient pas dans les gymnases ou dans les parcs pour s'entraîner. Quand ce fut ton tour d'être jeune, un jeune de la rue, le sport avait été l'heure d'éducation physique dans une grande salle d'école. Les garçons savaient courir parce qu'ils jouaient au ballon dans le parc municipal, interrompus par les agents de police. Les filles ne savaient pas courir. Elles apprenaient alors, dans les manifestations attaquées, enfumées, poursuivies.

La première fois que tu ne t'es pas échappé, ils t'ont pris ou plutôt tu les as pris dessus. Tu t'es recroquevillé par terre, un coup de pied a fait voler ton bonnet, mais ton instinct t'a bien conseillé. Entre leurs pieds, il était plus difficile d'être frappé, alors que le coup est plus facile et plus fort sur celui qui se plie en restant à mi-hauteur. Ils se défoulent sur toi, puis l'un d'eux te pousse vers l'arrière, tu reçois encore des coups, un autre plus dur te fait de nouveau tomber, il vient de derrière, apprends, oui, ainsi tu apprends qu'une fois arrêté, quand tu t'es rendu, tu n'es pas à l'abri, tu dois d'abord passer au milieu d'eux. Ce n'est pas comme lorsqu'on était petit et que celui qui était fait prisonnier restait sans bouger pendant un tour, personne ne le touchait. Ici, tu es dans le purgatoire de leurs arrière-lignes, les coups surgissent à froid, en voyous de pacotille comme on dit dans ton pays.

Ainsi, la première fois tu t'es fait prendre, mieux qu'un poulet, qui lui du moins tente de glisser entre les jambes. Rien, tu les as attendus la tête vide, uniquement parce que tu ne voulais pas t'en aller. Poussé à l'intérieur d'un fourgon, tu es surpris de ne pas être seul. Près de toi dans la maigre lumière, il y en a un autre, à peine mieux habillé que toi, sans trace de sang sur le visage ni sur ses vêtements. Il demande comment tu vas, si tu es conscient, si tu sais compter. Il cherche à savoir si tu n'as que des dégâts extérieurs et pas dans le crâne. Il dit que c'est dur une tête, pas si facile à casser, mais à peler oui. Il regarde ton trou, écartant le mouchoir que tu tiens dessus, dit qu'elle sera comme neuve avec quelques points.

Ils l'ont pris, pourtant il est resté debout, il a évité des coups, ils n'ont pas réussi à le faire tomber par terre, ils l'ont porté sous les bras comme un poids mort jusqu'au fourgon, ainsi ils avaient les mains occupées. Ça lui est déjà arrivé. Il demande pourquoi tu ne t'es pas échappé. Tu ne le sais pas, mais oui, tu le sais, mais tu ne veux pas dire que tout à coup tu as eu honte de fuir, une honte plus forte que la peur. Si tu pouvais le dire dans ton dialecte « me so' miso scuorno 'e fuì », j'ai eu honte de fuir, ce serait précis, mais en italien ça fait bizarre l'intimité d'une honte, alors tu appuies plus fort le mouchoir sur le trou et tu te tais. Maintenant tu le sais, mais alors non : une quantité de courages naissent de la honte et sont plus tenaces que ceux venus des colères qui sont des élans vite refroidis. En revanche, les hontes sont faites de blé dur et ne sont jamais trop cuites.

Entre-temps, ils ouvrent et en lancent un autre dedans qui reste par terre sans bouger, lui se lève et l'aide à s'asseoir, l'autre résiste, il a peur de prendre d'autres coups, lui insiste, s'il reste par terre ils entreront et frapperont de plus belle : pourquoi ne restes-tu pas chez toi où tu peux dormir par terre comme un chien que tu es ? Il arrive ainsi à le convaincre et l'installe sur le dernier banc au fond dans le noir du fourgon. Les deux portières s'ouvrent en grand et, sous les cris et les gifles, arrive un petit groupe de six, dont une fille, pris tous ensemble, ils ferment, le fourgon part, avec sa sirène et son escorte.

Où nous amènent-ils, demande quelqu'un, au commissariat, dit-il. Ils nous arrêtent, s'informe-t-on, quelques-uns oui, au hasard, parfois, répond-il. Un autre se souvient qu'il n'a rien dit chez lui. En arrivant à la caserne lui te dit : quand ils ouvrent, moi je sors en premier, toi tu viens derrière, reste collé à moi, marche le plus vite que tu peux, ne t'arrête pas, surtout ne tombe pas, regarde seulement par terre, où tu mets les pieds, ils nous font passer au milieu d'eux, si tu tombes tu en prends plus qu'avant et tu en fais donner à ceux de derrière qui ne peuvent pas passer.

Et c'est comme ça, il prend les premiers coups de poing et va droit au bout du couloir des coups sans trébucher dans les pieds, les croche-pattes, tu es contre lui et tu parviens à entrer dans la grande pièce sans d'autres coups sur la tête, rien que des coups de pied. Il t'a ouvert le passage, tu ressens envers lui une gratitude à pleurer. Derrière toi, le premier a trébuché, tu as entendu ses cris, tu ne t'es pas retourné. Quand ils arrivent eux aussi dans la salle tu t'es mis les mains sur les yeux et tu ne veux pas regarder. Mais il te faudrait deux autres mains pour les oreilles. Tu lui dis merci, il répond qu'il ne l'a pas fait pour toi, mais pour lui, car si tu étais passé avant et que tu t'étais arrêté, lui en prenait plus.

Combien de fois t'ont-ils pris, demandes-tu, plusieurs fois, répond-il. Vous êtes assis côte à côte. Ne demande pas d'aller aux waters, dit-il, si tu ne peux pas te retenir fais sur toi, de toute façon ça sèche vite. Tu lui demandes s'ils vont vous arrêter. Si nous passons la nuit ici, non, ils nous relâchent demain matin ; sinon dans la soirée ils nous conduisent en prison et au moins là tu peux pisser en paix.

Tu ne t'es pas enfui, te demande-t-il. Non. Lui non plus, ceux qui ne veulent pas fuir commencent à se trouver. Une file d'obstinés commence à se former. Ils sont encore dispersés, mais on se connaît. Vous échangez vos noms. Ainsi passe ta première nuit au poste, à parler de demain, des prochaines fois, de comment arrêter les assauts. Voilà, toi tu es quelqu'un qui a commencé comme ça. Le matin, ils vous mettent dehors. Tu ne vas pas aux urgences, mais chez un médecin qui aide les blessés des manifestations, c'est lui qui t'y conduit, l'ami de moins d'un jour, à qui tu confierais tes deux yeux, car ce sont des jours où la confiance, la loyauté et même le destin vont vite.

Dans les réunions, beaucoup en connaissent beaucoup. On parle de ne pas se laisser envoyer les quatre fers en l'air, de préparer des défenses avec ceux qui se sentent capables de serrer un rang. Le plus clairvoyant d'entre nous dit qu'il n'y a pas de différence entre violence d'agression et violence de défense, qu'une barricade est violence pure, une pierre et une bouteille d'essence aussi. Il dit que toute la différence est entre violence d'État et violence du peuple, l'une est abus de pouvoir, l'autre non. Et puis il dit qu'il faut s'enlever de la tête les mots exotiques venus des autres continents, par exemple guérilla qui veut dire petite guerre. Chez nous, dit-il, on fait une bataille de rue, pour pouvoir rester dans la rue même contre les interdictions, pour ne pas se laisser disperser, pour ne pas se faire arrêter. Ce n'est pas une guerre la nôtre, ni petite ni grande, c'est un adroit vol à la tire de quelques heures de manifestation. Nous ne libérons pas des territoires, nous prenons seulement la liberté d'être contre tous les pouvoirs constitués.

Cela paraît peu à certains, et la révolution ? Elle vient, si elle vient, au bout de nombreuses journées de démocratie volée. Celui qui a étudié le latin, dit-il, sait comment la règle de la consecutio temporum court après les verbes, comment elle enchaîne les phrases l'une après l'autre avec une suite de verbes. Telle est la révolution, une subordonnée pour nous aujourd'hui. Mais il nous incombe d'agir comme si nous l'avions à l'ordre du jour et d'être au monde en révolutionnaires. Non pas pour la révolution mais pour la plus élémentaire forme de la démocratie qui est le droit de manifester. Trouver des logements où puissent vivre ceux des nôtres qui sont en fuite, des avocats qui défendent au tribunal les raisons politiques de nos mouvements mis en accusation, des médecins qui soignent les blessés à l'hôpital.

Les arrestations augmentent à la fin des manifestations, mais la fuite n'est plus la pagaille d'avant. Il y a une ligne qui absorbe et repousse le choc. Tu apprends à rester là, parmi ceux qui ne se mettent pas à l'écart. Si quelqu'un se retrouve isolé avec la troupe sur le dos, on va le reprendre et on le chipe de force. Toi, tu as connu ce soulagement d'être arraché de haute lutte à la troupe qui venait de t'arrêter. Tu te souviens d'un ami qui attaqua tout seul un fourgon arrêté à un feu rouge, sans escorte, qui prit les clés du chauffeur, ouvrit les portières et libéra tout le monde en criant « But », comme les enfants.

En même temps, tu t'apercevais que les troupes en uniforme préféraient s'attaquer à des personnes isolées, non pas à toute la ligne. À travers eux, tu t'es aperçu que les rapports de force dans les rues commençaient à changer.

Tu as continué car ça continuait et durcissait en années, tu as pris part aux affrontements, pas mal, car la foule des insubordonnés augmentait et qu'à ceux comme toi incombait une responsabilité envers eux, les venus après. Dans les réunions, tu parlais du droit d'avoir peur, car elle est saine et fait raisonner correctement. Il ne fallait pas vouloir se l'arracher, la violence sur soi ne donne pas du courage, mais seulement quelques minutes d'audace hystérique. Nos rangs étaient de ceux qui tiennent à rentrer chez eux, ce n'étaient pas des entreprises pour audacieux mais pour confiants, pour ceux qui se fient à qui ils donnent le bras, qui restent à côté. Cela suffisait-il ? Pas toujours, mais dans les bagarres il valait mieux le calme que l'enflammé, un discipliné plutôt qu'un héros.

Les rapports de force évoluèrent jusqu'en 1975, lorsque, pour redonner l'avantage à la force publique, le parlement, à une large majorité, donna en dot aux agents la loi qui leur permettait de tirer dans la rue sans menace de danger ni besoin de légitime défense, d'entrer dans les maisons et dans les sièges politiques sans mandat de perquisition, de garder un prévenu pendant deux jours et deux nuits sans avertir ni avocat ni magistrat. En somme, elle permettait l'ainsi de suite, sévissant dans la prairie brûlée des droits personnels et publics. À partir de ce moment-là, se mettre en travers des rues fut le choix des prêts à tout.

Aujourd'hui tu le reconnais, il était impossible de négocier avec cette jeunesse. D'où avait-elle surgi d'un seul coup ? Si opposée à toute autorité, se moquant des délégations, des partis, des votes, si bien implantée dans le peuple, rompue aux moyens expéditifs, contagieuse. Elle entrait dans les prisons, arrêtée par paquets, elle se liguait avec les détenus et les révoltes contre le traitement carcéral commençaient. Elle allait faire son service militaire et des casernes partaient des soulèvements pour un meilleur ordinaire et une paie décente. Dans les stades, les supporters adaptaient les chœurs et les rythmes des manifestations à leurs incitations. D'où avait-elle surgi cette génération impardonnable qui paie encore la dette pénale de son vingtième siècle ? Tu ne le sais pas, tu imagines plutôt que dans un système houleux il y a une vague plus large et plus forte, qui ne s'explique pas par celle d'avant ni par celle d'après. Tu imagines donc que tôt ou tard les générations reviennent.

Elles reviennent, elle est revenue, à présent il y en a une autre qui agit comme un corps, qui se met en mouvement en tant que génération. D'autres venues avant elle se sont arrangées en filles de leur temps auquel elles ont adhéré avec une obéissance convaincue. Celle de maintenant, comme la tienne, fait du contre-temps, elle passe à rebrousse-poil, et par conséquent elle est contemporaine d'elle-même, extemporaine au reste. Elle s'occupe du monde, plutôt que de la copropriété. Toi, tu la suis, tu suis ses mouvements et les libertés que les autorités prennent contre elle. Toi, avec tes histoires passées de rues grillées enfumées tu es près d'elle, périmé : cette génération admet de subir la violence mais ne veut pas se salir avec elle en réagissant. Elle veut que l'agression soit d'un seul côté, elle met leur droit à nu et le montre à l'état de nature, pour ce qu'il est : abus de pouvoir.

Mais que fais-tu, toi et les autres de ton espèce et de ton âge, au milieu de ces nouveaux ? Tu fais peu et rien, qui puisse leur servir, mais tu y es quand même, rappelé dans la rue en juillet 2001 par le rouge de Gênes, de la place Alimonda, de la nuit à l'école de Diaz, du reste à la caserne Bolzaneto, par le rouge répandu exprès qui, par des chemins mystérieux, remonte à tes artères et t'appartient.

FIÈVRES DE FÉVRIER

Quelque part au-delà du champ, à la verticale d'une étoile que je ne pouvais voir, ma mère était en train de faire frire des anchois farinés. L'odeur traversait la cuisine, puis la mer, franchissait une moitié d'Afrique, coupait l'équateur et m'arrivait fraîche, garnie même d'un demi-citron à presser dessus.

Les délires des fièvres ne sont pas vagues, mais au contraire méticuleux, pointus de détails. La tête devient un mécanisme d'horlogerie, elle bat des syllabes de vie connue et perdue. Autour de la friture de ma mère dans l'hémisphère boréal c'était l'hiver, mois de février. Certes, les mimosas se hérissaient de petites boules jaunes, suaient la vanille. La glace raidissait la boue du chantier, l'année d'avant encore, le matin à cause du froid, j'enfilais mon bleu par-dessus mes vêtements pour me mettre au travail. C'était l'autre février d'un autre monde. Celui-ci était d'une chaleur acide, une essence de térébenthine qui dissolvait la couleur du corps. Je blanchissais goutte à goutte. Me voilà au diable, cherché et trouvé, me voilà à la fièvre de malaria sur un lit de camp d'Afrique, sous une moustiquaire qui ne me protégeait pas, mais qui me séparait.

Le soir tombait à six heures précises, je ne m'en apercevais plus. Je tremblais sous une couverture militaire alors que les autres êtres humains ruisselaient de chaleur de la tête aux pieds. Drôle de blague que de claquer des dents à l'équateur, drôle de corps plongé dans ses quarante et un degrés, quand pour tous les autres le thermomètre marque trente-six.

Février, c'était février, mais j'avais cessé de le savoir, de compter les jours. Je battais les petites secondes dans mes tempes. Mes yeux ne parvenaient pas à regarder dehors, ils transmettaient des visions, un pêle-mêle de visages joyeux et puis éteints de bien des nôtres morts à trente ans, avec des aventures pires que la mienne, accompagnés par nous autres sans un mot de réconfort, non pas pour eux, mais pour nous, les coupables de tout, d'un siècle entier de révoltes.

Les voilà, les nôtres à trente ans, après dix de luttes politiques foudroyantes, morts en courant, sautés dans un trou d'héroïne : quel sursaut, quelle esquive à la loi de la pesanteur et de retour à la normalité. Aucun de nous portant sur l'épaule le poids allégé de son compagnon n'apprenait de lui la grâce de la reddition, au contraire il durcissait les pommettes et alourdissait le pas. La caisse que nous portions devenait celle d'un mort à bord, prête au lancement en mer.

Maintenant c'était mon tour, mais pas comme eux : je m'en allais à l'écart. Ce n'était que la malaria, attrapée pour avoir voulu racler l'ombre du mur, telle était du moins la sentence qui battait à mes tempes, sans l'effort de la comprendre. Se mettre à un service, trouver sa consistance dans une œuvre : c'étaient des puits, des pales à vent pour remonter l'eau avec l'énergie de l'air, des réservoirs, des fontaines, en somme entraîner un peu de nuages à terre, les apprivoiser pour une traite.

C'était mon tour, mais je ne passerais sur les épaules d'aucun des miens. Il m'arrivait de brûler de fièvres comme une parturiente de septicémie avant que le vingtième siècle découvre la prévenance de la désinfection. Je mourais d'une mort antique qui secouait les corps dans son frisson comme on secoue un chiffon de sa poussière. Qu'était donc cette vie au sec, sinon de la poussière ? Ce n'était pas le corps qui était poussière, mais l'âme. Le corps était de l'eau versée, l'âme de la poussière en suspension. Par les gorgées enfoncées de force dans ma bouche j'avalais du fer, du charbon, du sable de silicium, je buvais la décomposition du corps en éléments.

Quelque part dans l'hémisphère Nord, février apportait le carnaval dans les rues, les garçons lançaient des poignées de farine sur les filles. Là où j'étais, les femmes du village l'auraient recueillie à la petite cuillère la grattant sur le sol et sur la semelle des souliers, la secouant des vêtements, la léchant sur le visage avec l'excuse d'un baiser. Elles allaient à l'eau avec un pas de chameau, revenaient avec un pas de girafe, le cou tendu sous l'équilibre de la jarre pleine. Des femmes autour du feu de brindilles, des enfants pendus à leur cou, endormis à leurs pieds, les mains au pilon en train de broyer la poudre des racines de manioc, une polenta qui m'avait rassasié et affaibli. Des femmes enterraient des hommes décharnés jusqu'à l'arête, maintenant c'était mon tour, les cordes de ma voix étaient un fil de fer rouillé qui répondait un « rien » éraillé à la visite de ceux qui demandaient ce qu'ils pouvaient faire, si j'avais besoin de quelque chose.

« Si kitu », rien, les mots d'une langue de la côte de l'océan Indien m'avaient aidé à m'enraciner parmi les hommes, à avoir une place dans leurs voix le soir sous le plus grand arbre du village. C'est bien de raconter des histoires dans une langue que chaque soir tu t'efforces d'élargir en y ajoutant des mots nouveaux. Ainsi, même les histoires s'agrandissent. « Si kitu », rien, était le mot juste, reste ultime d'un vocabulaire qui s'était asséché comme un puits, laissant une corde se balancer légèrement au-dessus du rien précis.

Quelque part une femme attendait une réponse à une de ses lettres : « Si tu ne reviens pas, j'avorte, j'ai déjà fixé l'heure dans un hôpital. » Adieu jeune femme, mes noces s'envolent en fumée, je t'envoie mon bon souvenir, des cartes postales d'une fièvre panoramique, d'un lit de camp safari, avec des timbres illustrés d'antilopes et de lions, va dans ton hôpital volontaire. Pour l'éloigner, je fourrais mes doigts dans le creux de mes aisselles, puis je les portais à mon nez, et me parvenait alors l'odeur grillée des lacrymogènes, le vacarme des cris dans une mêlée, des coups, quelqu'un par terre, c'est moi, les policiers sur moi, une brèche ouverte entre eux par mes camarades qui m'arrachent à leurs mains, me remettent debout, en liberté. Je replonge mes doigts dans mes aisselles, voilà l'odeur des lubrifiants blancs qui mouillaient les outils du tour sur une plate-forme d'usine, voilà le tranchant de l'acier sur le fer serré dans l'étau, le contrôle du calibre, les boucles de métal brillant dans l'arc-en-ciel de l'huile. Et nulle jalousie envers qui se trouvait à ce moment-là à ma place aux machines de dégrossissage.

Une chanson de De André toquait à mon front fermé, apportait la voix du larron en croix à côté du Christ. Lui, le voleur sans résurrection, s'adressait aux vivants : « Ce soir je vous envie la vie. » Non et pas moi ; la fièvre avait purgé les désirs, elle ne laissait aucun résidu de regret, elle ne contestait pas sa distance de la vie passée ni ne voulait revenir à aucune station, sur aucune plateforme d'usine, dans aucun autobus de cinq heures du matin parmi des hommes écroulés avant même d'accrocher leur journée à son croc de boucher.

Ma tête cessait de bouillir lointaine, elle n'était qu'une des parties de mon corps dans le four de la fièvre, elle avait perdu centre et commandement. « Si tu ne reviens pas, j'avorte. » Pas seulement toi, moi aussi j'avorte la vie, mais les cuisses serrées, blotties contre ma poitrine, les bras enlacés, les doigts dans mes aisselles sous le froid.

Froid, ange gardien de mes nuits à la belle étoile, bienvenu, merci du voyage fait pour venir me retrouver jusqu'en Afrique. Froid du nord fourré avec mon souffle sous les couvertures, froid d'une gare d'arrivée dans une ville étrangère où chercher tout, d'une chasse d'eau à un travail de manœuvre, froid d'escaliers, froid de femmes, froid de bancs, froid soude mes os qui claquent, serre-moi fort, fais cesser l'étreinte de moi-même, je me suis déjà assez salué.

Dans un demi-sommeil, je desserrais l'étau, mes bras se détendaient tout seuls, les rêves ne venaient pas, mais des pas, quelqu'un touchait mon poignet, essuyait mon front, mes cheveux mouillés, me trouait un bras, cherche toujours, tu ne trouveras rien, si kitu, rafiki, rien, ami.

Oui, j'aime l'hiver et février noix de glace, j'aime les neiges que le vent détache par petits paquets des branches des sapins et réunit à la neige avec le léger bruit d'un baiser, j'aime février qui grignote de la lumière au soleil, qui le retient chaque jour un peu plus, j'aime février qui remonte l'horizon, j'aime le rouge-gorge qui a résisté sans migrer vers le sud, j'aime l'amandier qui ouvre sa fleur blanche de pupille et la sème sur l'herbe décolorée par le givre, j'aime la vie qui continue sans moi, j'aime la vague qui passe et saute par-dessus moi, j'aime, j'appuie sur le verbe aimer, fais-moi sortir du côté sale, je suis prêt, je n'ai ni urine ni selles, je suis un poids égoutté, au nu, au net, déchargé de fautes. Se mourir, je crois, n'est pas une condamnation, mourir c'est être absous. Avec toute la colère de la fièvre, moi j'aime, j'aime l'oreiller trempé de mon odeur, j'aime la moustiquaire qui fait un cocon de mon corps de larve, j'aime, j'aime.

Ne jamais se mettre à prononcer le verbe aimer. Je me le donnais comme un élan pour me détacher, pour charger mon plongeon et chasser la vie de deux coups de talon. En revanche, il me clouait à nouveau les pieds au sol, les pieds, justement eux les premiers revenaient en arrière. Eux qui étaient en avance sur le corps, toujours en avant : de leur plante repartait la chaleur, le sec. Ils pointèrent hors de la couverture pour sortir, ils voulaient se détacher et s'en aller tout seuls se promener sur l'Afrique, nus sur la terre rouge. Mes pieds revenaient déjà, alors que ma tête répétait sa rengaine : rien, si kitu, je n'ai besoin de rien.

Et puis des pieds le verbe aimer remonta jusqu'aux genoux, je sentis à nouveau ma vessie, la pulsion de l'urine, pas de force pour me déplacer, je la déversai donc dans le lit de camp entre mes jambes, foncée comme mon sang, chaude aussi comme lui. Et mes doigts se retirèrent du creux de mes aisselles, allèrent à sa rencontre pour s'y tremper et vinrent à mon nez pour donner la dernière nouvelle, urine chocolat, urine vinaigre, la poussière se décolla de mes yeux et ma première mise au point fut un visage de sœur noire, noire, mais blanche sur sa coiffe et dans sa bouche qui disait : « Apona », il guérit, parce que j'avais trempé le lit de camp, parce que le verbe aimer m'avait retourné, me redonnant la vie, pas la même, mais celle prise à un autre, car on vit à la place, au lieu de quelqu'un, le verbe aimer avait doublé le cap de février et le calendrier annonçait le premier jour de mars de l'année mille neuf cent quatre-vingt...

LA JUPE BLEUE

Chemise blanche, jupe bleue, avec sa tenue d'école sans passer chez elle l'après-midi, elle arrivait dans la salle et venait dans le coin où j'imprimais les tracts. Elle aimait la machine, elle avait appris à s'en servir et me remplaçait quelques heures. Avec une pointe, elle dessinait sur la matrice les lettres les plus grandes, celles du titre, les mots forts. Elle ajoutait le dessin d'un poing, d'une étoile. Je lui confiais la ronéo, elle était en de bonnes mains. Si elle s'enrayait, elle savait la réparer. Sur le banc, je lui laissais les rames de papier déjà triées par tas à remettre aux militants.

En ce temps-là, le tract était notre journal, il relatait le fait du jour et notre avis sur l'action à mener.

La jeune fille à la jupe bleue mettait ma blouse, posait la nouvelle matrice, vérifiait l'encre et faisait repartir la voix de la machine et la nôtre. La nuit, c'était moi qui m'occupais de la ronéo. Dans la grande pièce encore enfumée par la dernière réunion, les tours du moteur recrachaient les feuilles à un rythme soutenu. Dans ma tête ensommeillée j'associais ce bruit à celui des pas, aux syllabes d'une chanson, ainsi je restais éveillé.

Je me proposais volontiers pour le tirage de nuit, à cette époque j'étais hébergé par un militant, dans sa chambre exiguë. Il venait de rencontrer l'amour et la nuit leurs étreintes étaient fortes. Ils n'étaient pas gênés de s'aimer pendant que je dormais deux mètres plus loin. Rester dans le noir à écouter les coups et les souffles émus de deux qui s'aiment, sans désir d'avoir son tour, j'en étais capable, mais il était plus utile de surveiller les pistons de la ronéo plutôt que ceux de l'amour des autres. Et donc la nuit, je tournais volontiers autour de la minuscule rotative, une Gestetner, de notre groupe d'agités politiques.

Poussés tous à la fois à l'intérieur d'une génération, comme si nous nous étions donné rendez-vous au berceau : dans dix-huit ans dans la rue. Pasolini l'appelait excédentaire, cette génération, un surplus dû à la découverte des antibiotiques, n'ayant subi aucune sélection et foisonnée par l'excès de mariages de l'après-guerre. Ce n'était pas grand-chose comme explication, mais lui du moins se posait la question : d'où étions-nous sortis, nous autres étrangers, différents de tout ? Je ne savais que répondre, je faisais partie de ces sortis et il me manquait la distance d'un point d'observation. Par esprit de contradiction, je me forgeais une pensée différente de la sienne et de la providence de la pénicilline. Notre génération était la première d'Europe qui, à dix-huit ans, n'était pas prise par la peau du cou et envoyée à la guerre contre une autre jeunesse déclarée ennemie. C'était la première qui s'affranchissait des conséquences catastrophiques du mot patrie. C'est ainsi que nous étions patriotes du monde et que nous nous mêlions de ses guerres. Sur une grande partie de ces tracts était écrit le nom d'un lointain pays de l'Asie : Viêt-nam.

La jeune fille à la jupe bleue le traçait en lettres d'imprimerie pointillées, qu'on aurait dit cousues sur le papier. Elle dessinait le drapeau, par amour pour son étoile. Entre nous il y avait un peu d'entente, c'était un moment propice, la différence de revenus, d'instruction, d'âge comptait peu. Elle me parlait de l'école, elle aimait la chimie. « Aujourd'hui, j'ai étudié l'ozone, il se forme autour des éclairs, il est bleu, il pique le nez. » Et puis, brusquement : « Tu irais te battre, toi, là-bas ? » Et moi : « Tout de suite même. — Mais tu sais tirer ? — Non. — Et alors ? — J'apprendrai, comme tu l'as fait avec la ronéo. »

Elle restait un moment pensive, puis revenait sur le sujet : « Et la peur ? — Je suis un révolutionnaire, disais-je, la peur je dois la chasser. — Moi, la peur me gagne même dans les charges de la police, je m'enfuis, je pense à mes parents qui ne se doutent de rien. Je ne crois pas être une révolutionnaire. »

Je ne savais pas répondre à la jeune fille et puis j'avais tort : ce n'était pas nous les révolutionnaires, mais le temps et le monde tout autour. Nous, nous aidions le mouvement qui dégondait colonies et empires. Avec toute la disproportion entre nous et ce qu'il fallait faire, nous voyions aussi augmenter le nombre de tracts à distribuer et celui des volontaires venus les retirer. Les écoles étaient affamées de ces feuilles, les écoles étaient en continuelle effervescence, il n'y avait pas un quadrimestre oui et un autre non, c'était toute une assemblée d'octobre à juin. « Si tu n'es pas une révolutionnaire, qui es-tu ? — Une fille qui aide la justice, qui est du côté des gens opprimés par les manques et les abus. — Alors tu es une fille qui veut aider son prochain ? » Ma question sonnait faux dans un siège et un après-midi de révolutionnaires. Elle s'en aperçut. Elle resta silencieuse, et je pensai l'avoir vexée. Elle se tourna pourtant vers moi, car nous étions côte à côte, et elle dit, à peine plus fort que le moteur de la ronéo : « Mais toi, tu ne veux pas être le prochain de quelqu'un pour une fois ? » Je détournai mon regard, je crois que la confusion gagna mes mains.

Elle fréquentait une institution privée, elle en portait l'uniforme jusqu'aux souliers et aux chaussettes blanches, qu'elle retirait cependant en arrivant dans la salle du quartier de San Lorenzo. Elle mettait des bas en nylon et des mocassins. Elle seule de son institution et en cachette s'était mise à prendre part aux mouvements et aux raisons d'une jeunesse inapaisée et dépareillée, ennemie des pouvoirs constitués, secouée par les affaires du monde. En secret, elle apportait un peu de ces feuilles dans son école à ses seuls risques, sans aucun espoir d'adhésion. Et elle doutait d'être révolutionnaire ? Le degré de rupture à l'intérieur de l'ordre social d'alors ne se mesurait pas à des personnes prêtes à partir pour un front, mais à des citoyens comme elle qui se mettaient à saboter des pouvoirs dans les endroits les plus étranges et les plus difficiles. Le degré de fièvre de cette Italie n'était pas donné par les surexcités, mais par le pouls des doux, des pacifiques qui collaboraient aux révoltes. Quand ce sont les pensionnaires qui vont à l'aventure, un pays est proche de l'incandescence.

La jupe bleue, la chemise blanche, les bas en nylon, les mocassins et les manières : elle était élégante par rapport au reste de nous autres. C'est ce qui me plaisait : qu'elle ne voulait pas mettre un second uniforme, celui des révoltés.

Elle avait de la sympathie pour moi qui venais du Sud et qui avais l'air dépaysé des émigrants, eux qui n'auront plus jamais de pays. En dessinant un poing sur la matrice, elle disait que c'était le mien. Je ne me permettais aucune familiarité, mais je regardais sa jupe, sa belle couleur bleue apaisait mes yeux trop rivés sur le blanc et noir des polycopiés sous la lumière du néon. Ce n'était pas le bleu des salopettes ouvrières qui sortaient de leurs usines à l'air libre pour une grève improvisée. Celui-là, je l'ai porté et je l'ai appris ensuite. Sa jupe était du bleu qui entoure le lamparo dans la pêche nocturne au calmar, au *tòtano*. C'était le bleu qui enveloppe la lumière et l'accompagne tandis qu'elle s'enfonce dans la mer.

Avant de nous relayer, nous sortions boire un café. Le quartier était plein de boutiques, typographes, marbriers, menuisiers, couturiers, cordonniers, il y en avait toujours en pause pour discuter avec nous au bar. Et nous ne parlions ni de sport ni de la pluie et du beau temps, mais d'un événement quelconque et de ce qu'il fallait en penser. Ils demandaient volontiers un avis à cette nouvelle jeunesse qui avait décidé d'en avoir un à part et bien à elle sur tout et n'importe quoi.

Le préalable était de tout retourner, mettre sens dessus dessous. C'était une insolence méthodique et elle avait des conséquences. La police venait perquisitionner, contrôler les identités, dénoncer à la justice. Une de ces occasions fut brutale et elle était là elle aussi dans la salle. La surveillance spontanée du quartier avait eu le temps de prévenir de l'arrivée de la colonne. Je cachai dans un appartement voisin la ronéo, le seul trésor à sauver. Nous étions peu nombreux et nous fûmes maltraités. Le fonctionnaire était mécontent de n'avoir rien à saisir et il décida de nous conduire au commissariat.

Pendant qu'avait lieu le remue-ménage qui servait à intimider aussi le quartier, elle resta toute raide, pâle de peur mais aussi de dégoût devant l'exhibition de coups de pied aux chaises et aux tables, devant les ordres pour nous mettre face au mur hurlés dans nos oreilles, avec l'accent méridional qui était le mien et pourtant si opposé au mien. Le fonctionnaire la remarqua, elle si différente, lui demanda ses papiers sur un autre ton en disant : « Mademoiselle, que faites-vous ici, laissez tomber ces quatre vauriens et retournez chez vous aux Parioli. » Il la laissa partir. Entre-temps, elle était passée de la pâleur à l'échauffement, au rouge d'un effort pour réprimer de tous les muscles de son visage les larmes au bord de ses yeux. L'attention du commissaire-adjoint la séparait de nous. Elle avait honte du privilège de pouvoir s'en aller et elle avait honte aussi de son soulagement de ne pas voir ses parents convoqués au commissariat pour venir chercher leur fille mineure. Au milieu des uniformes des agents, je vis sortir sa jupe bleue. Si elle voulut me saluer du regard, je ne peux le savoir. Je regardais le bord de sa jupe disparaître dans l'obscurité de la cour.

Ainsi s'éteint le lamparo, s'estompe le bleu et les yeux peinent un moment dans le noir. Quand tout autour il y a de l'agitation, de lointaines pensées me reviennent. C'est ce qui a dû arriver bien des années après à Carlo Giuliani avec son extincteur à restituer.

Lorsque nous sommes sortis empaquetés pour monter dans le fourgon, il s'était formé un petit groupe sympathique d'habitants de San Lorenzo, sortis de leurs boutiques, silencieux et sérieux, accoudés aux balcons. Pas de circulation, la rue était bloquée par l'opération de police, pas de bruit, les gens ne parlaient pas et encerclaient ceux qui nous encerclaient. Nous allions revenir d'ici peu, encore plus ancrés à notre poste, mais elle non. La jeune fille à la jupe bleue s'éloigna ce jour-là et qui sait qui a mérité de l'avoir entre ses bras.

AIDE

« Vous avez besoin d'aide ?

— De quelqu'un qui me tue. »

À cette réponse, je m'arrête. Elle est plus accroupie qu'assise par terre sur le bord du sentier. Sa position contractée, comme si elle souffrait de l'estomac, a tiré de moi l'offre d'une aide. Et puis en montagne ça se fait. Et puis elle est attirante, mais ça je l'ai vu à sa réponse quand elle lève vers moi un visage de mariée laissée sur l'autel. Je m'arrête, mon sac à dos léger d'une journée en balade sur les sommets sans corde ni ferraille d'escalade ne pèse pas lourd. Je ne m'approche pas encore, je me retourne et je répète : « De quelqu'un qui vous tue. De quelqu'un qui vous aime, c'est pareil ? » Une femme qui répond drôle et amère a besoin d'un impudent.

« Non, de quelqu'un qui me tue. Un assassin ça se trouve, un homme non. » Cela s'adresse au genre masculin et à moi qui suis le seul dans les parages. « Je suis un assassin. J'ai avec moi un bon couteau, si vous voulez nous nous mettons dans un coin et je vous égorge. »

Ses yeux passent de mon visage à mes mains en quête d'une confirmation.

« Gratis ?

— Oui.

— Généreux.

— Nous sommes en montagne, il y a plus de solidarité que dans la vallée. »

Finalement, elle souffle dans un sourire et puis en larmes.

J'enlève mon sac à dos, je m'assieds par terre un mètre plus loin, je respire très fort, de façon équivoque, entre la compassion et la contrariété.

Elle arrête, dit merci.

« De quoi ?

— De n'avoir rien dit, rien demandé.

— Venez en montagne avec moi, tout ça passera.

— Pas si vite », dit-elle pour faire comprendre que je deviens trop familier. Je fais semblant de comprendre de travers. « C'est garanti : tout ça passera vraiment aussi vite. » Elle me regarde, les sourcils furibonds. Alors j'insiste : « Demain vous serez si pleine d'Alpes dans les os, de la tête aux pieds, que vous dormirez en paix de tout votre corps, cœur compris. » Elle ne réagit pas. Je lui dis mon prénom. Elle réagit : « Une imprudence pour un assassin.

— Si c'est le mien, oui. » Je ne lui donne pas de temps et je conclus : « Je suis au refuge du col de Duran, demain à sept heures je pars faire le tour des sommets de la Moiazza. Si vous ne trouvez personne avant, moi je vous aiderai. » Je me lève, je mets mon sac sur mon dos et je continue.

Au refuge de San Sebastiano, je me débarrasse de ma fatigue sous une douche à pompe. Je passe ma chemise en laine à carreaux blancs et bleus. Je l'ai achetée après avoir lu un récit où elle était importante. En montagne, je porte toujours celle-là. Je l'ai trouvée dans un livre, elle est chaude et littéraire. Elle me rend présentable pour le dîner.

À sept heures du soir vient l'heure muette pour les montagnes, on va à table. Dehors le vent éparpille les nuages, par la fenêtre j'en regarde un qui n'arrive pas à enjamber le sommet et s'y écrase, se démaillotant, en l'emmaillotant. Ils devraient faire comme les bulles de savon qui éclatent au contact. En revanche, ils font de l'ouate. Je suis à une table près de la vitre, ainsi ai-je de quoi regarder au-dehors plutôt que dans la salle. Je suis seul, en montagne c'est bien, au cinéma aussi. Je ne m'aperçois donc pas qu'elle est entrée et qu'elle parle avec le gérant. Elle a pris un lit dans la chambrée et mangera avec moi si elle ne me dérange pas. Elle me le dit après s'être assise.

Les vitres font du vacarme quand elles prennent les premières gouttes qui battent sur du sec, puis elles se mouillent et font moins de bruit et de résistance. Je voudrais le lui dire, soudain je suis gai comme une vitre à peine mouillée. Ce n'est pas le moment, je l'ai vu cracher ses sanglots à un mètre d'un inconnu, il ne manquerait plus que je lui fasse fête.

« Ça passera vite ? demande-t-elle, pour dire quelque chose.

— Avant le coucher du soleil. »

Elle se renseigne sur le trajet. C'est un massacre d'énergies, lui dis-je, puis je redeviens sérieux et je m'informe sur son équipement. Il lui manque un casque et un baudrier. J'en ai deux en réserve dans la voiture.

« Un assassin prévoyant, dit-elle.
— Mais oui, dans mon genre je prémédite.
— Je suis désespérée.
— Rien à voir avec la santé ?
— Non, rien à voir. »

Je me mords les lèvres pour ne pas céder à la réplique de Toto : « Quand il y a la santé… » Sous l'effort, mon nez me démange, je le frotte, je fais une ou deux grimaces.

« Un visage de montagne, dit-elle.
— Merci du compliment.
— Et le mien, comment est-il ? se risque-t-elle à demander.
— De mariée envoyée seule à l'autel.
— Plus compliqué que ça, mais c'est bon », elle ajoute mon prénom. Je ne réagis pas. « Tu ne t'appelles pas comme ça ?
— Je m'appelle comme ça et ne gaspille pas tes forces avec des doutes, je ne te dirai pas de mensonges. »

Nous mâchons affamés, moi par ma course de la journée sur les rochers, elle par un repas sauté. Un peu de vin lui brûle les joues.

« Tu n'as plus la tête d'une mariée, mais d'une paysanne maintenant.
— Quel est ton métier ?
— J'écris des histoires et puis je les vends.
— Tu es écrivain ?
— Quelqu'un qui fait l'écrivain.
— Ton nom ? »

Je le prononce avec résignation.

« Je ne l'ai jamais entendu.
— Justement.
— Alors, tu n'es pas un assassin ? »

Je bois une gorgée.

« Le couteau, tu l'as au moins ? »

Je le sors de ma poche, je le pose sur la table près de ses couverts.

Elle le prend, l'ouvre, le ferme. Puis elle fait le geste de se le passer sur la gorge. Elle le repose, ennuyée d'avoir fait quelque chose de drôle.

« Tu es un homme ? », et elle n'attend pas la réponse, elle bute déjà sur une pensée qui la flétrit. « Je n'y arriverai pas, dit-elle.

— Avec le baudrier et le casque rouge, demain tu y arriveras.

— Si c'est vrai, tu me sauves la vie, mais ça ne peut pas être vrai. » Et, pour se détourner un peu de ses pensées, elle ajoute : « Sauvée par un assassin. »

Je suis content qu'elle ait déjà oublié mon autre qualification.

Autour de nous, des voix d'un groupe d'Allemands âgés nous aident à rester à l'écart, dans un lieu étranger.

Je prends l'air stupide qui me vient facilement et je dis : « Où avons-nous atterri ce soir, dans une brasserie près de Munich, au milieu des tilleuls ?

— Ne me fais pas voyager, ne me fais pas changer de place, je suis montée jusqu'ici pour m'enlever. Tu le comprends ce verbe : s'enlever ? Moi, je le comprends depuis peu.

— S'enlever, ça me plaît : s'enlever, s'extraire comme une dent de la mâchoire, oui, d'accord, mais si tu veux dire banalement quitter le monde, alors ça pue le moisi, c'est éculé et ça ne peut pas te servir.

— Non, c'est pour ça qu'il me faut quelqu'un qui me tue.

— Tu l'as trouvé. Demain soir, ou toi ou ta douleur, un des deux n'y sera plus.
— Affaire conclue.
— Une tranche de tarte aux pommes ? demandé-je.
— Non, c'est trop.
— Alors demain matin, insisté-je, car nous raclerons le fond de nos énergies, et pour ça il faut les avoir.
— J'ai de l'énergie de colère à revendre.
— Non, celles-ci sont des toxines et tu les expulseras avec ton premier tee-shirt de sueur. Emportes-en trois. » Elle me regarde l'air sérieux pour voir si je plaisante.
« Je ne te mens pas.
— Je m'appelle…
— Ne me le dis pas. Demain soir, si tu as envie de le dire, je serais heureux de l'entendre. » Elle se vexe. Je l'ai blessée en ne recevant pas son nom. Elle se lève, dit juste : « À sept heures. » Je confirme de la tête. Je ne sais pas ce qui me prend parfois de m'écarter des confidences comme un âne. Je reste assis, je regarde dehors, quel idiot, pensé-je, de quoi vais-je me mêler ? De ce que le voyage place devant toi, me dis-je agacé par ma question : et veille à t'en mêler correctement. Je mets mes mains sur mon visage pour le frotter et je laisse sortir le rot contenu à outrance pendant tout le dîner. Je paie l'addition, je m'aperçois qu'elle est pour une personne. Elle a même partagé le vin.

Elle est plus fatiguée qu'hier, sept heures, ce n'est pas dans ses habitudes. Elle boit les yeux fermés dans une solide tasse, avale à grosses bouchées la part de tarte aux pommes. Je l'attends dehors où les nuages sont encore blottis sur les montagnes. Quand le soleil les brûle et qu'ils ne peuvent plus rester en bas, alors ils se sauvent en haut. Je lui donne quelques détails sur notre trajet du jour pour accompagner ses premiers pas. Elle suit les miens en haletant. En montée, j'appuie par terre un demi-pied, la pointe et un peu plus. Ça donne plus de poussée et ça maintient le corps droit. C'est l'heure du métatarse, os de l'aller. Une heure plus tard, nous atteignons le départ de la via ferrata. J'enfile mon baudrier le premier, ainsi voit-elle comment on fait et je n'ai pas à le lui mettre. Je réduis au minimum les gestes d'intimité physique d'une journée où il nous faudra être plus proches qu'hier. Elle enfile son baudrier toute seule, je le ferme devant et je fixe le ruban avec le mousqueton. Elle devra le faire glisser le long du câble en acier qui accompagne les passages difficiles de l'ascension. Elle enfonce son casque sur sa tête sans un geste pour arranger ses cheveux. Je les regarde disparaître, plats et prisonniers. Une mèche pointe devant. L'attaque de la ferrata est brutale. On part en suivant une traverse en montée avec peu d'appuis pour les pieds. Je commence le premier pour qu'elle voie les premiers mètres.

Elle essaie, n'y arrive pas, glisse, reste suspendue.

« Je ne peux pas, je n'arrive même pas à partir. Laisse-moi ici, vas-y toi.

— Sans toi, je ne monte nulle part aujourd'hui. Je t'aide à démarrer. En haut, la suite est plus facile. » Je descends. Je me place derrière elle, je lui cache le vide et je la soutiens en allégeant son poids. Aussitôt elle apprend à bien appuyer ses pieds et à gagner des mètres. Sur la paroi, nous prenons la forme compacte d'un scarabée. De ses mains, elle s'accroche au câble en acier et moi je la double par-derrière. Avançant ainsi à huit pattes, nous sortons du passage et du découragement. Elle s'appuie beaucoup sur moi. Je transpire, je halète, ça marche. « Tu es bien ? » demande-t-elle pour plaisanter.

— Non, mais la traverse est bientôt finie.

— Dommage, c'est amusant, j'ai l'impression de ne pas porter de poids. » Elle le décharge dans l'anse formée par mon bassin et ma poitrine.

« Voilà, lui dis-je à la fin du passage oblique, maintenant on monte tout droit, c'est plus facile. On se met en rang, le plus petit rang du monde, deux en tout. Le scarabée se transforme en chenille, toi tu avances, moi je suis dessous, je vérifie l'appui de tes pieds. Toi, pense toujours au mousqueton et au câble. »

Nous commençons ainsi la montée, à l'intérieur d'une cuvette de rochers qui rebondissent en hauteur sans montrer ni sommet ni fin.

« On ne voit pas où on arrive, dit-elle.

— Nous sommes en bas, même au bout de deux heures de montée nous ne le verrons pas. »

Elle est svelte, elle a pris goût au mouvement, elle monte plus avec les rochers que sur le câble. Nous produisons du vide sous nos pieds. L'escalade est une fabrique de mètres sur des mètres, une accumulation d'air. Quand le câble se termine et qu'il faut franchir des passages sans être attachés pour atteindre l'ancrage suivant, elle regarde au-dessous : « C'est s'enlever ça, n'est-ce pas ? » dit-elle. Je ne réponds pas, pour moi c'est se mettre. Se donner à la matière première minérale, la mesurer du bout des doigts, se mettre au vent, aux pierres, demander le passage à tout, même aux nuages.

Elle transpire. « C' casque me brûle le cerveau, pire que chez le coiffeur. J'aurais pu mettre des bigoudis. »

Elle parle toute seule. Elle sait que je l'écoute, que je suis un mètre en dessous, mais elle se passe de moi.

Après une longue montée verticale, il y a de nouveau une traverse difficile. Cette fois-ci, elle veut la faire toute seule. Je la précède et je lui épargne seulement les mouvements du mousqueton, pour qu'elle ne lâche pas le câble des mains. Elle a le front qui se plisse sous l'effort, une bouderie de concentration sur les lèvres. Elle ne pense à rien d'autre en ce moment, rien qu'à ces quelques mètres difficiles à franchir et c'est tout. L'escalade redevient verticale, elle reprend son souffle et nous montons à la file rapidement le long du bastion à midi.

« Elle est brave notre chenille », dit-elle. Elle est brave, elle vient de naître et elle sait déjà où aller. Aucun de nous deux n'ajoute qu'elle pourra devenir papillon. Il est sûr qu'elle aussi pense à cette repartie, mais elle se retient. Nous restons une bonne chenille, c'est ce qui compte maintenant.

Au bout de trois heures, nous sommes sur la Cathédrale, c'est le nom d'un des sommets. Nous avons sur la tête des nuages et des giclées de ciel, nous la libérons du casque. Au premier vent, la tête laisse échapper ses pensées prisonnières, l'air passe dans les cheveux, un plaisir de les ébouriffer, de les dégourdir. Nous mangeons du pain avec des carrés de chocolat. Des bouchées chargées d'appétit, vite avalées, notre haleine sent le cacao. Des oiseaux du sommet viennent toquer aux miettes avec de petits cris stridents, nous en lançons, ils les ramassent à petits sauts. Elle demande le nom des montagnes, je les lui indique, la Moiazza aussi au bout d'une balançoire de crêtes.

Elle me demande de me retourner. Elle change de tee-shirt. Pendant qu'elle est nue, le soleil ouvre boutique sur la Cathédrale, écartant des nuages mouchetés. Il réchauffe et sèche. Elle s'allonge, une ombre passe sur son visage, j'ignore si c'est le ciel ou bien une pensée : debout, sacs au dos, on continue, dis-je brusquement pour filer de là. Il vaut mieux que nos muscles ne se refroidissent pas, aujourd'hui nous ne sommes que ça. Elle obéit. Nous descendons la Cathédrale le long de ses pentes effritées par des éclats de foudre. La foudre est un enfant qui cherche l'âme des jouets à coups de marteau. Mais celle-ci n'est pas sous la croûte, si elle existe, elle est à la surface où rampe notre chenille à deux. Si elle existe, elle est dans le courant chaud qui pousse les craves vers le haut, les ailes immobiles. Et ça, ce sont des pensées de descente, elles roulent toutes seules. Elle, elle trébuche au contraire pour regarder autour, j'entends ses semelles gratter le pierrier, elle glisse derrière moi, je me retourne et je l'arrête d'un bras : « Regarde par terre et fais des pas courts en descente, comme ça si tu perds un appui, tu le retrouves, à pas courts, de chenille. — Bien chef. »

Et ainsi va le jour à travers crêtes, descentes, remontées, passages en traversée sur des petites côtes de traces à peine dessinées sur la ligne du vide. Aujourd'hui elle y arrive, aujourd'hui est un jour de priorité à la vie. Si elle veut quelqu'un qui la tue, il n'y a qu'à sauter, il suffit du faux pas. Aujourd'hui c'est tour de vie, parcours à compléter nettement sans erreurs, aujourd'hui nous sommes des cavaliers sans selle de nous-mêmes. La prairie a seulement changé d'inclinaison, devenant muraille.

Sur le sommet de la Moiazza, elle retire son deuxième tee-shirt, elle met le troisième sans me prier de me retourner. Je regarde d'un autre côté, je lorgne à l'ouest d'où arrive l'orage, quand il arrive. D'habitude, une virgule de noir, plus tache que nuage, l'annonce, mais aujourd'hui non, seules des grappes de condensation flottent sur les montagnes.

Ses gestes sont devenus plus lourds de fatigue, elle enlève ses souliers, elle est fatiguée, sans épine de tristesse, seulement fatiguée. Son ombre va et vient, bat au vent, disparaît. Nous restons un moment sur le sommet, reprenant des forces pour le chemin du retour. Puis un passage sur un fil de crête, deux vents de montée venus des versants opposés s'en prennent à notre équilibre, nous donnent des bourrades. Nous serrons notre chenille, ses mains appuyées sur mes hanches, son mousqueton accroché au mien. Le jour pointe en descente, nous le suivons en perdant de l'altitude sur le long trajet qui nous ramène en arrière par une autre voie. Les pas courts se détendent sur de meilleures traces, plus faciles, nous mettons quelques mètres entre nous. En descente, j'oublie. Je retourne au panier d'où je suis sorti. C'est l'heure du talon, os du retour, c'est à lui d'appuyer le pas qui ramène en arrière. Et ça, c'est s'enlever.

Nous arrivons en silence au refuge. Dix heures de balade sont passées et nous sommes vides. Se laver et se mettre à une table pour reprendre des forces. Nous nous retrouvons sur les mêmes chaises que le soir précédent, après une friction à l'eau froide. L'eau chaude a été consommée par ceux arrivés plus tôt. Elle est dans une bonne laine, elle a froid. Je porte ma chemise à carreaux et je bois lentement un grand verre de bière. Nous ne disons rien. Elle sourit à quelques bouchées qui lui plaisent. À un bon degré de chaleur et de satiété, elle demande à quoi je pense. « Aux montagnes de demain. » Elle a un bâillement qui me fait sourire.

« Merci », dit-elle.

En réponse, je la regarde.

« Je n'étais jamais montée sur un sommet en l'escaladant. »

Que de choses ai-je à dire, souffler aussi sur la gratitude qui est dans les fatigues propres, que de choses pour m'approcher. Aucune ne passe, je reste les poings fermés, je baisse les yeux. Elle se lève, pose un baiser sur ma tête en la tenant entre ses mains, « Bonne nuit », dit-elle.

Le jour suivant, je pars à la première lueur, je change de col et de vallée à la recherche d'une autre ascension à quatre pattes. Je lui laisse un mot : « Ne lave pas tes trois tee-shirts mouillés de sueur. Jette-les, c'est de l'eau qui a coulé. »

Et maintenant j'écris. À la place de tout autre chose possible j'ai en substitution, comme reste, l'écriture. Quel con !

LA CHEMISE AU MUR

Roma-Amor. Dans les jeux de mots, on appelle palindromes les mots et les phrases qu'on peut lire aussi en sens inverse. Ils m'arrivèrent tous les deux avec une force de primeur loin de chez moi. Dix-huit années, de la première à la dernière, j'ai vécu à Naples, ma ville de naissance, stérile, sans aimer aucune fille dans les quartiers de mon adolescence. Ce n'est que sur l'île d'en face, un été, que m'est venu un amour pour une fille de Rome. Et quand à dix-huit ans je me suis évadé de mon lieu de fondation et du Sud, je me suis rendu dans cette ville, parce qu'il m'était resté de l'amour, un peu, mais assez pour faire passer par là celui qui se détachait de son centre et qui était équidistant de toute gare d'arrivée.

Elle, elle était déjà grande, elle étudiait l'architecture, elle fumait. Moi, jamais capable de tabac, dérivés et composés, j'avais envoyé promener ville, études, maisons, famille. J'étais dépaysé et possédé. Les décisions prises à un âge âpre ne cèdent plus, enfoncées dans on ne sait quel os.

Comme pour beaucoup arrivés sans invitation, Rome fut au début gare de chemin de fer. Dans ses parages, je trouvai des lits de camp dans des chambres meublées, parmi des inconnus. Je n'ai jamais été aussi seul, une bonne condition pour tomber amoureux ou se perdre. Je ne fus pas égaré parce que tout autour il y avait une étrange colère de jeunesse, politique, mais rien à voir avec les partis. Divisée, irrégulière, sans congrès, affiliations, cartes, elle avait pour terrain la rue et pour parlement les assemblées. Elle se heurtait aux polices, tribunaux, prisons. Je fus des leurs, c'est pourquoi je ne me suis pas égaré. Je suis tombé amoureux, non pas de la première, celle de l'île, mais de sa sœur, seize ans, effrayante de volonté et de beauté. Elle avait les mains abîmées par une maladie, la seule que j'ai aimée. Je vénérais ces doigts crevassés, rouges, endoloris, elle ne l'a jamais cru. Eût-ce été la lèpre, je l'aurais léchée pour me la coller à la langue, eût-ce été la mort, je l'aurais voulue moi. Moins que ça, l'amour n'est rien.

Arrivait l'année mille neuf cent soixante-neuf, plus dure et plus longue que l'année d'avant-goût soixante-huit. Des jeunes commençaient à penser à eux-mêmes d'après les biographies de révolutionnaires du début du vingtième siècle. Nous étions nombreux à apprendre le pleur artificiel des lacrymogènes, les bagarres des charges, les coups et le drôle de transport dans des cages à poules, les fourgons cellulaires. Qui étais-je, que pouvais-je dire de moi : rien. Je n'étais de rien et d'aucun lieu. J'étais un parmi tant, qui parfois n'étaient pas bien nombreux à compter dans une cour de commissariat, au milieu des représailles endurcies d'hommes en uniforme. J'étais un, même moins qu'un. Pourtant j'aimais. J'aimais la fille aux cheveux plats, prise de profil sur une photographie de printemps aux forums romains, une de nos promenades. J'aimais la fille qui m'avait accueilli dans ses larges épaules, comme le fait une tempête avec un bateau.

Je comptais mes muscles, mes os, comme j'étais peu de chose, je comptais mes années, mon argent : comment pouvais-je la garder ? Elle grandissait, c'était un été de figues de Barbarie et une chaîne de baisers exaucés. Je n'avais rien d'autre à désirer en dehors du seuil des baisers. Plus que la liberté, j'ai attendu la minute bouillante où quatre lèvres suspendent leur souffle, se mêlent pour se goûter elles-mêmes à travers deux autres et se confondent pour s'appartenir.

Elle vivait dans une maison, moi dans des chambres, nous nous rencontrions rarement seuls. Les baisers ne sont pas une avance sur d'autres tendresses, ils en sont le point le plus élevé. De leur sommité, on peut descendre dans les bras, dans les poussées des hanches, mais c'est un effet de traction. Seuls les baisers sont bons comme les joues du poisson. Nous deux, nous avions l'appât sur nos lèvres, nous happions ensemble.

C'était l'hiver et j'étais dans une petite chambre, la première que je louais, près de la Villa Ada. J'avais cloué au mur une chemise. Les boutons s'ouvraient et à l'intérieur il y avait deux photos, les siennes. Elle vint me voir en cachette, j'étais tombé malade. Une de ces fièvres épaisses, violentes se calmait peu à peu en moi. En ouvrant la porte, je me suis tenu solidement à la poignée. Elle m'a serré fort, comme si elle embrassait l'hiver, des frissons insistants, du marbre dans les pieds. Il n'y avait pas de chauffage, mais je m'en suis aperçu à ce moment-là. Mon corps était dur de froid, alors que j'aurais voulu dans mes veines plus de chocolat que de sang. Elle me garda dans son manteau en peau de mouton doublé de laine. Elle ferma la porte de son talon et me poussa en arrière vers le lit sans relâcher son étreinte.

Elle m'allongea, puis retira ses vêtements en gardant une chemise blanche, légère. Elle entra dans le noir des couvertures et couvrit tout mon corps du sien. J'étais au-dessous d'elle, tremblant de bonheur et de froid. Les parties de notre corps trouvaient une coïncidence, main sur main, pied sur pied, cheveux sur cheveux, nombril sur nombril, nez près du nez, ne respirant que par lui, nos bouches unies. Ce n'étaient pas des baisers, mais la jonction de deux morceaux. S'il existe une technique de résurrection, elle était en train de l'appliquer. Elle absorbait mon froid et ma fièvre, matières brutes qui, pétries dans son corps, me revenaient sous un poids d'amour. Le sien tenait le mien sous lui et le mien portait le sien, comme fait une terre avec la neige. S'il existe une alliance entre femelle et mâle, je l'ai ressentie alors.

Cela dura une heure, plus qu'un quelconque toujours. Avant de partir, elle rit de la chemise au mur. C'est ma crucifixion boutonnée. Je ne lui dis pas qu'elle y était, à l'intérieur. Elle ne vint plus. L'hiver nous détachait. Elle était venue pour me quitter et au contraire s'était allongée pour me guérir. Les meilleures choses de l'amour arrivent par hasard, on les comprend ensuite. Je croyais que cette visite était pour nous un début de plus vaste vie à deux, c'était au contraire un terme. Dans ma tête battaient comme des coups de cloche les syllabes du poète espagnol :

« Pour aller au nord, il alla au sud./Il pensa que le blé était eau/il se trompait./Il pensa que la mer était ciel/ et la nuit le matin./Il se trompait./Que les étoiles étaient rosée/et la chaleur une chute de neige/il se trompait. » Chez nous, un chanteur avait mis ces vers en musique. La musique, comme le sel, conserve mieux. Je me trompais et entre-temps je guérissais de l'amour, de ses attaques de bonheur. Je m'habituais à la ville, une conduite qui perdait de l'amour par toutes les fontaines. Je la traversais avec les yeux que j'aurai à nouveau une fois vieux : la Villa Ada était pleine d'enfants et de mères qui ne me concernaient pas.

À cette époque, les ouvriers du restaurant universitaire et les étudiants avaient décidé que tout le monde pouvait venir et manger, même sans carte. Avec trois cents lires, j'étais à l'abri. La fièvre et le jeûne étaient finis, je me nourrissais rue De Lollis avec tous ceux qui inventaient de nouveaux droits, en les retirant aux pouvoirs. La ville était un lieu pentu pour nous qui descendions dans les rues du centre et des banlieues, encerclés par des troupes que nous ne craignions plus.

Je l'ai revue quelquefois à certaines manifestations, dans les tas que nous formions. Elle s'était vite mariée. Elle devenait une femme, une, et elle en avait contenu tant, et moi je les avais connues. J'avais aimé en elle toutes ces filles qui essayaient des vêtements de femme au cours de l'année des baisers. Plus tard, j'en ai aimé d'autres avec l'illusion que c'était encore elle. Je me donnais cette illusion pour pouvoir tomber amoureux.

Quelques années plus tard, je quittai en courant cette chambre louée, sans rien emporter, pas même un caleçon. La chemise clouée aux poignets resta là, à personne. Et peut-être est-il bon de s'en aller comme ça, en vitesse, poursuivis. Mais ça ce fut après, quand se durcissait la haine civile et que nos sangs et ceux des autres n'avaient pas le temps de sécher.

Dans la fureur des deuils, j'oubliai la jeune fille qui m'avait tenu debout dans son manteau et qui s'était détachée de moi pour devenir une femme. Rome était pleine de guerre. Ceux qui disent qu'elle était inventée l'ont au contraire désertée. Il n'était pas obligatoire de se battre, mais il y avait de quoi. Cette génération des si nombreux ne cherchait pas à recruter, elle se suffisait. Elle n'aspirait pas à des majorités, elle déplaçait sa charge par à-coups de minorités. Elle ne me manque pas, car elle n'est jamais sortie de mes pensées. Pas plus que ne me manque cette heure de résurrection sous le corps de la fille aimée. Moi, je l'ai eue cette heure illimitée. Moi, je l'ai eue.

UNE MÉCHANTE HISTOIRE

Aujourd'hui, je sais que même vieux je suis resté méchant.

J'étais allé sur la Cima Dieci, un sommet de trois mille mètres qui se monte à pied avec un dernier saut de roche où il faut mettre aussi les mains. Un câble en acier accompagne l'indécis jusqu'en haut. La journée était sincère, je montais avec mes sandales, que je retire dans les passages plus doux pour aller pieds nus. En vieillissant, je suis devenu sauvage, je laisse plus d'air au corps. Je suis encore agile mais je n'ai pas envie de paraître ingambe, je préfère l'adagio, qui me rend léger.

En chemin, j'avais dépassé plusieurs groupes. Ils parlaient. Ils en ont besoin même s'ils sont essoufflés. Le solo de la respiration les effraie. Ils souffrent de vertige buccal. Je salue de la main, sans un mot.

Les nuages de vallée remontaient en rafraîchissant mon souffle. C'est l'heure où, enveloppés de leur vapeur, les indécis déjà fagotés dans leur harnais se laissent impressionner par l'ombre et décident de rentrer de peur de l'orage. « Ne va-t-il pas y avoir une perturbation ? » disent-ils, et cela suffit à les décourager. Ils s'aperçoivent ensuite que la journée fulgure d'un soleil de plomb et ils se consolent avec sagesse : « Oui, mais la prudence ne fait pas d'éclopés. »

Le nuage monte et m'accompagne à l'heure du démarrage. Je sens une bonne poussée dans mes intestins et je m'arrête pour les vider sur les graviers. Ici en haut, les citadins sont gênés et vont faire ça dans une anfractuosité. Ainsi la pluie ne peut rien laver et tout reste sec. Et je trouve ça là quand l'orage me surprend et que je vais m'abriter.

La Cima Dieci est à plus de trois mille mètres, c'est la plus haute alentour. À la base des derniers cent mètres où commence le câble, deux garçons tentent de persuader une fille de se lancer. Ils me voient de loin et alors ils se décident. En montagne, quand les citadins voient quelqu'un approcher, ils accélèrent, ceux d'en haut en revanche laissent volontiers la priorité au plus leste pour ne pas l'avoir derrière.

Ils sautent tous les trois sur le câble, la fille au milieu. Ils n'avancent pas. Je me mets à la file, puis, comme ils restent accrochés au câble, je passe là où il n'y en a pas. La roche est parfaite, elle se laisse escalader partout. J'arrive au sommet, non pas sous la croix, mais quelques rochers plus loin. La journée est bonne, les nuages de vallée sont tous montés et se sont blottis sur les cimes comme des vaches repues. Je retire mes sandales et je pose mes pieds nus sur la pierre de cime. Les craves planent autour des rochers.

Sous la croix, des personnes se photographient mutuellement, elles écrivent sur le livre du sommet. Elles n'ont rien pour les oiseaux. Ça ne va pas. Ici, en haut, nous sommes les hôtes de l'air et de ses navigateurs. Chaque coup d'aile a plus de légitimité et d'élégance que le pas le plus expert. Il faut apporter quelque chose en hommage aux ailes noires, même un reste de nourriture. Je coupe la croûte du fromage, je la coupe épaisse, et d'un appel complice, un claquement de la bouche, je les avertis, puis je tire au-dessous d'eux. Les morceaux de croûte tombent un peu plus bas, les craves vont les prendre. De la croix on me regarde. Mais oui, je suis le gardien des oiseaux, je monte donner la ration. Je finis le pain et le morceau de fromage, puis je m'allonge pour regarder le plafond. Aujourd'hui, le maître-maçon a forcé sur le bleu dans le mélange, il est si intense qu'il fait jaillir des larmes.

Je regarde le ciel depuis l'enfance, depuis que la postière m'a dit que si on regarde toujours les bois les yeux prennent leur vert. Elle, elle les avait noirs à force de lire les adresses. Moi, pour les garder clairs, je me suis mis à fixer les cieux. Il y a si longtemps qu'ils voyagent sur mes yeux, traversent leur champ, en franchissent les cils. Quelle chance de se trouver sous leur gratis, de ne pas voir un mur, une serrure, une haie. Je suis vieux et je ne comprends plus ni les gendarmes ni les voleurs.

Autrefois, je comprenais les braconniers qui allaient à la chasse clandestine parce qu'on était des hommes et qu'on vivait dans les bois et que les femmes attendaient la viande d'un bon coup. Aujourd'hui, je bois avec les braconniers, ils ont arrêté, presque tous. Entre-temps, le ciel passe sur ma tête et sur mes pieds, je les lève et je les vois de sa couleur et de celle de ma chemise à carreaux bleus. Les craves respectent ma tête rejetée vers le ciel, aucun ne passe au-dessus de moi. Ils braillent avec ceux qui sont sous la croix, venus les mains vides.

Je me redresse pour m'asseoir, je nettoie mon couteau et je le referme.

Je ne le glisse pas dans mon sac à dos, j'ignore pourquoi, je le mets dans ma poche.

Je descends, mes sandales bien plantées sur leur appui, avec des forces franches. Je laisse de côté le câble en acier qui descend bien ancré. Je vais sans ancre. J'avance, laissant battre au vent les quelques mèches blanches de mon front. Il est une heure, l'heure de rentrer, j'ai deux heures et demie de descente.

Je repasse sur la longue ligne qui accompagne le bord de l'abîme. Le Grand Mur, la muraille que tout grimpeur rêve et veut parcourir de fond en comble : je suis dessus, le sentier longe en haut les points d'arrivée des fameuses escalades.

Je mets les pieds là où se trouve la dernière prise du dièdre de Mayerl, je vois plus bas le point de sortie de la magnifique voie de Messner sur la roche noire. C'est l'heure la plus tiède, tout autour pianote le petit moteur en ré mineur des grillons. La tête basse, je suis avec mes pensées quand, je ne l'ai pas entendu, arrive sur moi le pas brusque d'un jeune qui monte. Il est assez costaud, habillement technique, lunettes de soleil. Il a l'allure forcée de celui qui a de l'énergie à revendre et veut le faire savoir. L'endroit où nous nous croisons est étroit mais suffisant pour passer à deux, il ne s'écarte pas, ne m'évite pas, me bouscule. « Connard, marmonné-je dans un souffle sec en descendant.

— Qu'est-ce que t'as dit ? » je sens qu'il s'est arrêté et qu'il s'est retourné. Je m'arrête moi aussi et je le regarde. « Qu'est-ce que t'as dit, vieux de m… ? » Mais non, je me suis vidé tout à l'heure, la jeunesse est mal informée et puis je ne suis pas de ceux qui discutent en se querellant et je n'ai pas besoin de m'exciter. Pour toute réponse, je sors mon couteau de ma poche. C'est une bonne lame, large et bien effilée. Je l'empoigne et je reste là. « Ça tu peux te le fourrer dans le c… », et il nomme mon maigre point d'appui. Le fourreau peut-être, pensé-je, mais ce bout de fer que j'ai en main a pour l'heure un tout autre destin en tête. Je ne lui parle pas, je continue à le regarder et il n'a pas l'intention de laisser tomber. Il a enlevé ses lunettes. Tant mieux, ainsi je le regarde où il me faut. Il descend vers moi. Je recule, mais pas vraiment vers le bas, plutôt vers le bord du Grand Mur. Il doit avoir une assez mauvaise intention s'il veut se battre avec moi à un mètre du précipice.

Lui ne le sait pas, mais je suis sur le point de sortie de la voie de Mayerl, où la paroi est raide mais double : une contre-paroi est adossée à la principale. D'en bas on l'escalade comme une cheminée. Au pire, je tombe dedans et avec un peu de chance je ne crève pas. Je ne veux pas lui donner cette satisfaction. Il la veut, il a tiré vers la main du couteau un beau coup de pied sec, frontal, genre art martial. Mais je suis agile et je dois exploiter à fond cette qualité. Et puis, il a retiré ses lunettes, comme ça je peux braquer mes pupilles sur les siennes. De là, je comprends quand son geste va partir.

Entre-temps, il parle d'une voix sourde, déclare ce qu'il veut me faire et l'endroit où il veut m'envoyer. Il est loquace en duel. Je ne lui fais pas entendre ma voix. Je tiens bien mon couteau sans répondre à ses coups de pied, j'esquive seulement. J'ai appris le maniement de l'arme d'un Sicilien qui savait s'en servir. Il a voulu me l'enseigner pour me remercier de je ne sais plus quoi. Il me donnait des leçons dans l'arrière-boutique d'un bistrot de Turin. Nous transpirions en quête du premier sang. Le couteau doit être tenu bas. Il tente de me l'arracher des mains à force de coups de pied.

Je l'ai appelé connard : en voilà deux qui vont se tuer comme ça, juste parce qu'ils sont vivants. Non pas qu'on ait besoin de motifs plus valeureux, car céder le pas ou non est un vieux signe de respect ou d'offense. Je n'ai pas envie de frapper, je ne veux pas porter ce sang jeune sur ma chemise bleue. De quels yeux regarderais-je le ciel ? Mais là je ne décide guère et ce sera déjà quelque chose si je me retrouve en vie entre les deux parois derrière moi.

En attendant, j'évite les coups de pied, je les vois partir de ses yeux avant qu'ils se détachent de terre. Il en veut à mon couteau, aussi en a-t-il peur. Alors, je le lance d'une main dans l'autre pour le désorienter. Il est malin, il a compris qu'il peut essayer ainsi de l'intercepter au vol quand il change de main. Je vois dans ses pupilles le point fixe de l'idée. Je ne regarde que ses yeux. J'ai mon couteau, un peu de calme encore pour le moment où je devrai m'en servir, mais je ne sais plus où je suis, si j'ai déjà le talon sur le précipice. Je n'ai pas encore décoché de coup, il ne sait pas jusqu'où arrive mon bras. Il ne sait pas si je suis seulement en train de me défendre ou bien si j'ai la force de frapper. Il ne sait rien de moi, sauf qu'il veut me jeter en bas. Je continue à changer le couteau de main. Il est concentré sur le point mort de l'échange. Alors j'écarte un peu plus mes bras pour faire croire à un passage plus ample entre mes mains, je fais semblant de lancer le couteau et lui tire un coup de pied à l'endroit où doit se trouver le couteau en changeant de main. Mais il n'y est pas. Il est resté dans ma main droite qui, à mi-course, lui attrape le pied entre la cheville et le talon, la pointe passe, sort de l'autre côté, puis glisse rapidement. Il a senti une piqûre, il tombe, pousse un râle de douleur et de colère, met les mains sur son cou-de-pied, les voit tachées de sang, il veut se relever et reste à terre, le tendon doit être coupé. Je l'ai laissé là. J'ai repris ma descente au point où elle s'était arrêtée et j'ai continué. Je ne me suis pas retourné, je n'ai pas pressé le pas. Je l'ai laissé là, chercher de l'aide, demander à quelqu'un la charité d'une épaule. Même vieux je suis resté méchant.

« Tu as bien fait. »

Tu dis ça parce que je t'offre un verre et parce que tu es vieux toi aussi et qu'un garçon t'a peut-être humilié. Je n'ai pas bien fait, j'ai fait. J'ai fait celui qui était sous le ciel. Si c'était juste, je devais sentir le vent de face. Quand arrive la justice, elle rafraîchit et renforce. J'ai seulement soufflé de m'en être sorti. Mon intention était-elle bonne ou mauvaise ? C'est ce qui décide si c'était bien ou mal. Je me cherche un bon prétexte sans le trouver, à part que je suis en vie. Tu es là sur un bord et tu paies ta vie sans savoir si ton prix est suffisant. Pour nous les vieux c'est comme ça tous les jours. Nous sommes plus guerriers que les jeunes qui ne sont pas entraînés à mourir.

Ma chemise bleue ne s'est pas tachée, ainsi est-elle bonne pour une autre montagne demain. Le couteau non, il est poissé de sang, il n'est plus bon pour couper le pain. Je l'ai nettoyé, je te l'offre, moi il m'en faut un autre.

Le vieux braconnier le pose dans sa main, l'ouvre, le renifle. « Il me donne envie de retourner à la chasse. »

ANNONCE JAMAIS ENVOYÉE

« Je cherche la fille qui le soir du... est entrée dans le magasin de fruits et légumes de la rue... Elle avait les yeux gonflés, un pantalon troué aux genoux. » Ainsi commencent les lignes d'une annonce jamais envoyée, qui a fini dans les désirs inassouvis et pour cela intacts.

Ses cheveux étaient longs, couleur des châtaignes quand elles sont mûres et qu'on monte sur la colline secouer les branches. Elle était secouée, comme il fallait pour ce temps-là.

Ses cheveux dénoués s'accrochent et il lui manquait une mèche, arrachée. Elle me dit qu'elle voulait les couper le lendemain. Sa voix était basse, enrouée. Autres détails : une blessure à la lèvre supérieure, une trace de rouge en un seul point. Pas de fard, on n'en mettait pas. De ses yeux je ne sais quoi dire, c'était noir, il y avait de la fumée. Je cherche cette fille-là, jamais revue. Aujourd'hui, elle n'est plus de cet âge-là, c'est du reste un temps court et alors il durait encore moins. Par exemple, j'ai été jeune pendant quelques semaines, deux fois, l'été. Dans tout l'entre-temps nous étions des adultes involontaires.

Je cherche la fille qui entra en courant dans le magasin de fruits et légumes, au cas où elle se souviendrait de la tiède soirée d'une guerre locale, dans un seul quartier, une soirée de guerre un peu mondiale aussi parce qu'elle voulait déranger la séance de la grande alliance guerrière de l'Atlantique Nord.

« La meglio zoventù », disait une chanson d'Alpins apprise de mon père. La fleur de la jeunesse de la ville de Rome se donnait rendez-vous, endurcie et effrontée, autour de la basilique Saint-Paul, contre la réunion des chefs de l'Otan dans le quartier de l'EUR.

Les partis de la gauche assise, au parlement et dehors, dictaient des formules de conjuration : c'est une manifestation provocatrice (la nôtre, non pas celle de l'Otan), l'œuvre de groupuscules extrémistes. Ils prescrivaient à leurs adhérents la vigilance dans les sections, c'est-à-dire : se calfeutrer à l'intérieur. Cette jeunesse-là n'était pas gentille, elle n'obéissait à personne, elle était envahissante, sans représentants même dans la loge de concierge des institutions.

Nous venions juste de nous rassembler, un beau tas de quelques milliers autour de la basilique. La manifestation n'était pas autorisée, et après ? Nous ne voulions pas ouvrir une exploitation commerciale, pour avoir besoin de leur licence. Il s'agissait de manifester, un point c'est tout, un droit intraitable. Alors c'était plutôt une aimable concession, très révocable. La démocratie dominante était celle du parti unique, au gouvernement sans relâche déjà depuis un quart de siècle. Ainsi donc, après les premiers affrontements et les premières arrestations, la plupart d'entre nous montèrent vers le quartier voisin de Garbatella. En ordre dispersé et hors d'haleine, nous bloquâmes la rue avec tout ce qui nous tombait sous la main, panneaux de signalisation, bidons, gravats d'un chantier voisin.

C'étaient de brusques mouvements masculins, pourtant quelques filles restaient et, si elles n'avaient pas la force de lancer des pierres, en échange elles les ramassaient et te les mettaient dans la main. Tu n'as jamais eu dans la main une pierre donnée par une fille ? Ce sont les meilleures, tu y mets dedans une telle force en les lançant que tu te prends pour une catapulte. Et tu lui en demandes encore pour sentir à nouveau le toucher du passage de main. Et, pendant que tu penses à ça, la charge avance et tu restes un peu en arrière par rapport à ceux qui se sont retirés plus haut, tu restes en arrière parce que cette sacrée fille ne s'enfuit pas, elle t'attend et tu ne veux pas t'enfuir avant elle et alors les autres approchent et tu pourrais peut-être encore filer car ils sont essoufflés par leur course en montée et aussi par la trouille de tomber sous une météorite volante, mais rien, la fille ne se déplace pas et toi tu es là en train de tirer sans rater un coup tant ils sont près, il y aura bientôt une mêlée, et toi ne fallait-il pas que tu te trouves à côté d'une Jeanne d'Arc, et, maintenant ils sont arrivés à la distance où l'on peut se regarder en face et, ça alors, ils s'arrêtent, font demi-tour, l'assaut est fini, ils ont eu l'ordre de se retirer.

Ce qui se passe, et tu ne t'en es pas aperçu, c'est que les gens sont en train de lancer leur maison par les fenêtres, toutes leurs vieilles affaires, on se croirait le jour de l'an, des pots de fleurs, des pots de chambre, de la ferraille, des chaises cassées, des briques, des carreaux, des boîtes, des bouteilles et des seaux d'eau. Le quartier s'est mis à la fenêtre, a bombardé la charge, l'a réexpédiée en bas. Les gens descendent de chez eux, ceux des nôtres qui avaient pris position plus en arrière reviennent vers la barricade, de grandes couvertures à brûler surgissent, un vieil homme en pousse une enflammée dans la descente par où se sont enfuies les troupes de l'ordre public. Et moi il me semble que l'ordre public est celui de l'insurrection inattendue de gens qui ne nous connaissent pas, qui ne savent pas pourquoi nous leur apportons la guerre chez eux, mais qui décident au vol et à la majorité que nous avons raison et que les troupes ont tort. Ces gens-là font leur ordre public en se mettant avec la fleur de la jeunesse et en faisant son bonheur. Car le bonheur pour nous a été un quartier insurgé à l'improviste à nos côtés et tout autour.

Nous appelions ces choses-là du communisme, mais nous cherchions à deviner, c'était surtout un bonheur, âpre et enfumé.

Je cherche la fille du magasin de fruits et légumes, qui n'est pas celle de la barricade tête contre tête, pierre contre pierre, non, celle-là je la connais, elle a toujours été dans la rue et elle a remonté les degrés des affrontements jusqu'à la plus violente forme de la critique. Ces affrontements étaient la critique, des actes d'une raison dotée d'une force de démolition, car elle est bonne à ça, la raison. Et ceux qui ne faisaient pas comme ça ? C'étaient des gens qui niaient l'évidence, ils s'excluaient du champ. Ils choisissaient l'État, qui n'est en aucun cas une indication de mouvement.

Au terme de ce jour et de cette nuit de la critique, nous devions compter cinquante d'entre nous emprisonnés, un hôpital de blessés, mais pas un dans une salle commune, chacun dans une chambre des habitations du quartier. La critique était coûteuse. Je cherche la fille saisie au vol à la sortie du magasin de fruits et légumes.

Les troupes revenaient à la charge à partir d'autres points d'encerclement. Ils parvenaient à entrer, capturer, emmener en courant, mais ils ne pouvaient pas se planter au milieu du quartier. Les magasins restaient ouverts. Ils fermaient aussitôt si l'un d'entre nous était poursuivi et s'y réfugiait, alors le patron baissait brusquement le rideau de fer et dehors les troupes donnaient des coups de pied, nous lançaient une grenade. Mais ils devaient vite se retirer, des balcons ça grêlait dur.

Tu n'as jamais vu des commerçants se comporter ainsi avec la clientèle ? C'était un effet de cet étrange bonheur : si par erreur l'un d'eux fermait son rideau devant un garçon en fuite, le laissant se faire tabasser dehors, le jour suivant et ceux d'après il pouvait rester chez lui, personne n'entrait dans sa boutique pendant un bon bout de temps.

Je cherche la fille qui se sauva dans le magasin de fruits et légumes, les yeux gonflés de gaz lacrymogène, son pantalon troué. Le patron n'eut pas le temps de fermer, les agents relevèrent le rideau de fer déjà à moitié baissé, excédés de courir sous la grêle des balcons, enfin à l'abri pour une capture facile, bonne pour se dégourdir aussi les membres supérieurs. Ils s'en prirent à la marchandise, un méli-mélo de coups sur brocolis, chicorée, tomates, jambes du commerçant qui avait fini la tête en bas, pommes, courgettes, bras de la fille qui se protégeait sous les paniers renversés. Ils l'attrapèrent par les cheveux, la traînant dehors abrutie de coups et de peur.

Ils avaient soufflé trop longtemps dans le magasin, le reste de la troupe s'était retiré. Ils sortirent en courant et tombèrent sur un groupe des nôtres. La fille passa devant moi, je la pris par un bras. Ainsi pendant deux secondes, trois tout au plus, nous formâmes un beau trio primitif, deux mâles qui se battaient pour la possession de la femelle en la tirant de deux côtés opposés. Puis l'autre céda, touché par un coup de pied de la fille, brusquement ranimée par la bagarre en son honneur et décidée à faire valoir son droit de choix entre ses prétendants. L'agent s'enfuit en serrant dans son gant un bout de scalp. « Je jure que je me les rase à zéro, je jure que je ne me ferai plus prendre comme ça. »

Je cherche la fille qui disait ça sous une porte cochère où nous avons passé une heure à reprendre notre souffle, à dégonfler nos yeux avec du citron, à compter les bleus qu'elle avait, à retirer les légumes de ses vêtements et de ses cheveux. Je la quittai alors qu'elle était calme, elle avait sommeil et elle voulait rentrer chez elle, avertir quelqu'un. Moi non, le soulagement du solitaire dans ces échauffourées était de ne pas avoir d'arrière-lignes à prévenir.

Le reste des nôtres resta toute la nuit dans la rue avec le peuple de Garbatella pour raconter, se compter, boire du café, des petits verres de cordial, mâcher du pain tout frais, s'échanger des poignées de main. Le commerçant avait remis en ordre son magasin et la marchandise épargnée, aidé par plein de gens. Il avait gagné une bonne part d'estime, aujourd'hui on dit de marché. Même si aucun expert en la matière n'aurait pu lui donner le bon conseil qu'il sut se donner tout seul au milieu de la petite guerre qui lui était tombée dessus.

Je ne l'ai plus vue pendant les jours, les semaines, les assemblées, les manifestations qui suivirent. À distance de la maigre assurance de plus d'une demi-vie plus tard, je rédige de mémoire une annonce jamais envoyée. « Je cherche la fille… » Je ne la cherche pas et, l'annonce, je ne l'ai même pas écrite. Mais pendant les jours, les semaines, les assemblées, les manifestations qui suivirent j'ai regardé s'il y avait celle qui m'avait juré sous une porte cochère d'aller chez le coiffeur, tout en enlevant la salade de ses souliers. Pendant plusieurs semaines m'est resté tendrement gravé le serment de couper court.

IN NOMINE

Avant de me fourrer dans l'immense impasse de l'Afrique, je me préparais dans une communauté de volontaires qui allaient effectuer un travail gratuit là-bas. Assurés seulement du vivre et du couvert, c'étaient des gens d'une espèce plus exposée que celle que recouvre aujourd'hui le terme de bénévolat. Nous étions ensemble pour nous exercer à nos tâches et pour apprendre à bien nous comporter en terre de besoin. Pendant quelques mois, nous avons mené en laïcs une vie de monastère, le temps scandé par les prières et les offices religieux. Je suivais le rythme en muet, je m'adaptais aux usages en étranger. J'avais déclaré ma distance, je n'adhérais pas au culte, je ne me joignais pas aux voix. J'étais en attente de destination.

Un prêtre s'occupait de nous, âgé de trente ans environ comme moi. Je ne pouvais pas l'appeler père pas plus que don, parce que chez moi dans le Sud le don était un titre de respect chez les gens du milieu. Je m'adressais à lui par son nom. Il parlait volontiers, j'écoutais mais en réponse aucune histoire ne s'amorçait en moi. J'étais dans la trentaine, l'âge le plus désertique pour moi après les années des révoltes vaincues.

Ça me faisait du bien de me taire. À cette époque-là, je pensais qu'on va voir un prêtre pour se confesser et ce besoin me manquait, et m'a toujours manqué.

Lui confessait longuement, il restait une heure avec chacun. Je me l'expliquais par la nécessité de bien examiner les consistances humaines : le service en Afrique durait des années et demandait de la ténacité. Mon tour aussi venait, assis à côté de lui sur un banc. Je lui présentais le sommaire le plus bref de mes années, comment j'étais arrivé chez eux, du métier d'ouvrier exercé au milieu d'une décennie de militantisme révolutionnaire finalement écrasé, en déroute. Il demandait si je m'en repentais. Non. Qu'est-ce qui me dissuadait alors de continuer : la réduction à un pur affrontement militaire d'un si grand nombre de raisons de justice. Avais-je envie d'en parler ? Non. Il insistait sur le prodige de la rémission des dettes, l'abîme de grâce prêt en soi si l'on parvenait à dire les torts commis.

Son oreille était pure, offerte au service d'une écoute, un dispositif qui ne retenait rien. Il était l'entonnoir par où transvaser ses propres paroles dans l'oreille de Dieu. Le Dieu qui te revêt, lui disais-je, sait déjà. Bien sûr qu'il sait, mais il a besoin de ton sacrifice de parole. Il ne peut délivrer tout seul. Il veut que toi tu fasses ce que lui a fait au monde, se révéler.

Il avait des arguments et une droiture de manières, on pouvait parler, explorer longuement. Je ne connaissais pas encore d'hommes comme ça. C'est justement ce qui me décourageait : lui était pour moi une nouveauté, primeur de personnes consacrées comme soutien, moi j'étais pour lui un parmi une douzaine d'entêtés, un cas dans son répertoire. Il savait cacher la disproportion et se montrer mon égal. Égal en âge sûrement, nous étions du même âge, mais lui où était-il pendant que l'Italie était un quartier en flammes, que les prisons débordaient d'insurgés, que les rues crépitaient de paroles chauffées à blanc ? Où était-il s'il n'était pas dans ces carrefours en train de jouer en quatre secondes à pile ou face le futur tout entier ? Que pouvait me demander un homme qui n'avait pas été là ? Avec le reste de latin conservé à contrecœur, je répondais : domine non sum dignus, je ne suis même pas digne de t'appeler domine, avec la désinence du vocatif. Lui insistait : « Libère-moi des sangs », même David le demande à Dieu.

Je ne sais rien de ton droit de pardonner, de délivrer, je ne peux te le reconnaître. Tu ne peux m'absoudre de la douleur que j'ai causée et moi je ne remets pas aux autres les torts reçus. Andrea, moi j'oublierai et cela sera un jour mon pardon, si j'y arrive. En attendant, Andrea, moi je me souviens de tout, c'est ma pénitence et toi tu ne peux me l'ôter. Je vais dans le monde avec cette lèpre sur le visage qui fait s'écarter les gens, qui fait changer les femmes de trottoir, car les femmes savent d'un coup d'œil. Tu sais, Andrea, les hommes comme moi finissent d'habitude par se confesser à une femme. Ça ne m'est pas arrivé. Je suis un parmi tant d'autres qui n'ont pas d'abri, laisse-moi à ma dérive, tu ne peux me sauver, mais si cet acte de confession est indispensable au service et aux devoirs de l'Afrique, alors je me retire sans te faire l'injure de verser une réticence dans ton oreille.

Voyons ! dit-il, nous n'extorquons plus de confessions depuis plusieurs siècles et pour qui me prends-tu, pour un juge d'instruction ? Tu ne veux pas te libérer, va-t'en donc lourd dans ton cœur, mais moi face à ma conscience et au sacrement qui m'a été confié, je t'absous, in nomine… Et il fit le geste des doigts, si vite que ma main ne put l'arrêter. Deux doigts, index et médius, les mêmes qui se levaient dans les défilés pour imiter le canon des pistolets, deux doigts en croix pointaient contre moi leur force opposée, de décharge. Tu ne peux pas, Andrea. Et lui : si.

Je me levai du banc sans soulagement. L'air déplacé par ses doigts en croix était devenu plus lourd. Il m'avait chargé d'une absolution plus écrasante qu'un acte d'accusation. Je sortis de la pièce à pas ralentis, de celui qui gravit la montagne. Nous ne nous sommes plus parlé. Je partis pour l'Afrique avec le lest que d'après lui je voulais conserver sur mon cœur. Certes, je n'étais pas léger et en Afrique il faut être léger, et fort comme une feuille de bananier. Il faut le dos bien droit des femmes qui portent l'eau sur la tête. J'étais voûté au contraire, un clou qui ne s'enfonce pas, mal rivé, j'offrais au soleil à pic un angle plus grand. Mon ombre était plus longue que les autres. Là-bas, on sait le danger couru par qui traîne trop long derrière soi. Je tombai malade de fièvres, à serrer les dents pour ne pas les laisser claquer. Andrea m'avait absous, l'Afrique non. Le poids de son soleil enlève aux hommes leur couvercle et, s'ils ne sont pas intègres, il les fait fondre.

À la fin du voyage, dans un lit de retour et de convalescence, mon corps avait déposé pour toujours deux dixièmes de son poids et ce n'étaient pas ceux qui pesaient sur mon cœur.

LES COUPS DES SENS

Je place ici comme intermède la réimpression d'un petit livre consacré aux premiers coups gravés sur les sens, les cinq. Le petit éditeur Fahrenheit 451, place Campo dei Fiori à Rome, les a accueillis il y a dix ans et les a semés parmi les amis.

Ils sont ici pour défaire le temps de quelques pages le nœud lâche et le nœud serré des récits sur l'aventure du deux, le contraire de un.

Je suis d'un siècle et d'une mer mineurs. Je suis né en leur milieu, à Naples en 1950.

De ce faux centre, apparence de tribune numérotée, je n'ai connu aucune profondeur de champ ni de détail. J'ai compris peu, mal, le temps et les actions. En hôte embarrassé, j'en ai retenu des signes. Je veux les laisser à un petit-fils curieux, peut-être touché par l'atrocité et la modestie des vies qui l'ont précédé.

J'aligne, un pour chaque sens, les coups qui se sont arrêtés par hasard et à dessein dans mes souvenirs. Je n'ai nulle disposition pour le témoignage, aucune vocation de chroniqueur, je ne sais rien des étoiles filantes, des pistes sonores, mais je pense à deux dés, un champignon, une petite dame, une fiasque : pions d'un Monopoly autour duquel passer ses dimanches.

Entre un cri et un bouillon, il est resté ce que je sais. Autour de moi, il y avait un monde distant, expert, qui refaisait à l'aveuglette des gestes de seconde mère.

OUÏE : UN CRI

Mon oncle, né en 1910, fils d'un Napolitain sombre et d'une Américaine lumineuse, portait avec élégance la beauté de hasard que les croisements produisent au moins sur une génération.

Quand il était jeune, il était au service d'une compagnie de navigation. Muni des derniers papiers, il se rendait au départ des bateaux. Il voyait rester sur le quai des bouts de familles mutilées par les séparations. Tous les adieux du Sud aboutissaient à ce quai, là se rompaient tous les liens.

Il s'était habitué à voir les séparations, il ne s'en souciait pas, d'ailleurs il y avait déjà de nombreuses années que les gens de chez nous s'étaient mis à écouler leur misère aux Amériques. À de précédentes époques, on avait même vu des colonnes humaines aux embarquements de la White Star Line.

Ce fut lui qui raconta à ma mère le cri. C'en était un parmi tant d'autres. Il ne put s'expliquer pourquoi celui-là, pas un autre ou même aucun, s'était gravé dans la membrane acoustique de son âme.

L'habituel paquebot chargé d'hommes s'éloignait dans l'ultime clarté d'un jour d'avril tiède, resplendissant. Sur le quai les adieux se taisaient, rendus inutiles par la distance, car la poupe du bateau, noire de visages, était déjà à la hauteur de la digue foraine.

Alors, une femme aux cheveux blancs et à la robe noire, douleur et années partout sur elle, cria de tout l'air qu'elle avait retenu. Sur le premier silence de la fraîche séparation, elle lança un cri de sirène, de chienne, de mère, aux syllabes déchirées : Sal va to re e. Rien qu'un nom, appelé et perdu dans une gorge brisée, blessa à jamais mon oncle, jeune employé, beau, élégant, doué pour chanter et jouer de la guitare d'oreille. Quand il le racontait, sa voix descendait dans un ton cassé et répétait en sourdine, mais très exactement, ce cri. Il en avait la chair de poule. Il savait chanter par cœur et répéter des airs entendus ne serait-ce qu'une seule fois. Il savait refaire ce cri d'oreille. Les douleurs ont une clé de sol pour qui est musicien de l'intérieur. Une vérité peut être saisie par un passant, un étranger peut la transmettre plus fidèlement que celui qui la connaît et en souffre. Il n'aurait rien pu changer, il refaisait ce cri, une syllabe après l'autre, en sirène, en chienne, en mère. La douleur des autres s'imprime à chaud et par hasard sur nous.

Ma mère l'entendit de sa bouche. Si l'ouïe fait couple avec un autre sens, c'est avec la peau. La sienne aussi, dans le cri, se hérissait. Elle aussi chantait juste et connaissait de vieilles chansons, elle savait le répéter, accroc de drap sec qui se déchire. À travers elle, il est arrivé jusqu'à moi qui le confie au silence définitif d'un compte rendu. Je n'essaie pas de le reproduire, je chante faux, je ne retiens pas les airs, leurs paroles exactes. Il me faut du temps pour apprendre une chanson.

J'aime celui qui n'a pas perdu le cri. Ne gaspille point la semence, prescrit un difficile commandement. En recueillir quelqu'une est une consigne plus accessible face à l'incessante dispersion de la vie. Pour un homme, cela pourrait suffire.

Le cri, la voix participent de la nature de la semence. Laisser dit, plus que laisser écrit, incite la mémoire des autres à préserver. Il le savait celui qui répandit dans le vent et sur les hommes ses rares paroles, celui qui pensa que tel était l'acte de fécondation et que les oreilles étaient des fleurs pour les abeilles.

Salvatore : le nom crié dans le port de Naples vers 1930 s'est retiré de la douleur qui le prononça, comme de la personne qui l'emportait avec elle. Face à la mer, au bateau, aux hommes arrachés et nommés en vain, ce cri revient à son origine de blasphème général.

VUE : UN VOLCAN

C'était l'hiver 1944. Les Allemands avaient quitté Naples quelques mois plus tôt, emportant avec eux Nicolino, surnom donné à la pièce d'artillerie antiaérienne qui dominait la colline du Vomero. Sous ses détonations, les Napolitains avaient éprouvé le sens impropre de protection que donne un paratonnerre en mauvais état : attirer les coups sans pouvoir les neutraliser.

Nicolino avait une vraie voix de canon, il résonnait comme une grosse caisse frappée de coups de poing. C'était un vacarme entré dans le sommeil et l'intimité des habitants. Il répondait dans le ciel aux coups de tonnerre qui explosaient à terre entre les maisons et les rues. Naples encaissa plus de cent bombardements. L'un d'eux arriva sans même l'alarme de la sirène. Il eut lieu à haute altitude et sans objectif précis, le 4 août 1943, dernier jour pour trois mille personnes surprises dans la rue par l'enfer.

Durant toutes ces années, faisant la course avec son chien vers les abris, mon grand-père avait réussi à sauver un service à thé en porcelaine anglaise. Il était bien rangé dans une grosse valise, juste à côté de la porte, prêt au décollage. Il était persuadé que ces tasses valaient une fortune. Une fois la guerre finie, il les transformerait en camion. Elle cesserait bien un jour cette pagaille.

Et elle prit fin. En ce mois de septembre 43, les Allemands évacuèrent Naples, repoussés vers le nord par les forces alliées et par le brusque sursaut d'une ville en miettes, excédée de leur présence. Quatre journées de coups de feu hâtèrent le rejet d'un corps expéditionnaire qui s'était répandu, là comme dans le reste de l'Europe, telle une épidémie. Un peuple est bien des fois un corps. Son système immunitaire peut être miné par des misères extrêmes, des terreurs spécifiques que propage la guerre. Les Allemands réussirent à supprimer le sentiment d'identité de beaucoup de peuples, à bloquer leurs réactions immunitaires. Ils imposèrent à Naples le recrutement total des hommes, parvenant ainsi à mettre hors la loi le genre masculin.

Tels furent ces jours-là. Les Alliés étaient arrivés à Capri, à Sorrente, mais ils s'étaient arrêtés. Le golfe était traversé par une invisible frontière qui séparait la guerre de la paix, la liberté de la tyrannie, Pompéi était libre, Portici non.

Il y eut un coup de pistolet, un ratissage, un tir de pierres, un mensonge disant que les Alliés étaient en marche : la hâte se condensa, cette urgence qui quelquefois parcourt les fibres lésées d'un peuple, comme celles d'un malade qui retrouve la sensation d'être organisme, corps et nom. Tout à coup, en plein été, les Allemands furent sous le froid qui souvent déjà avait libéré un pays de l'épidémie. C'était ce froid général qui fait la force des peuples qui se battent sur leur propre terrain, celui qui à Stalingrad avait arrêté et effacé pour la première fois le corps étranger, l'antigène. Maintenant on le traquait de tous les points de l'horizon.

Les Américains arrivèrent et montèrent un nouveau canon, une batterie antiaérienne qui résonnait, différemment de Nicolino, avec un bruit de rideaux de fer abaissés violemment. Il tirait vers le ciel des rafales rapprochées. Le service de porcelaine anglaise qui avait résisté aux coups de ses consanguins anglo-américains s'effondra avec toutes les cloisons de la maison sous l'unique bombardement allemand. Le camion de porcelaine anglaise finit, défait sous les décombres.

Privée de maison, la famille de ma mère se dispersa chez des parents. Au milieu des Américains à peine installés, réfugiés qui rentraient et trafic de meubles, Naples était une ville mouvante. Mais mon grand-père et son chien ne couraient plus, les sirènes se taisaient. Au sud du Garigliano, l'après-guerre avait commencé.

Ce fut au cours de cet hiver 44 que le Vésuve s'ouvrit et que le feu s'en échappa. Du cratère volaient dans le ciel les flammes, les pierres ; les laves descendaient en longs sillons s'ouvrant un chemin à travers champs. Certaines arrivaient jusqu'à la mer, pénétrant dans l'eau qui bouillonnait. « Cette ville est une marmite et nous sommes la viande », est-il écrit à propos de Jérusalem dans le livre d'Ézéchiel. La première terreur de l'immense, angoisse sacrée des peuples sismiques, volcaniques, périodiques, se décanta en émerveillement. Le vent silhouettait le panache de fumée en forme de champignons et de cloches. Le coucher de soleil embrasait de tous les noms de rouge les cendres voletantes.

Même les comètes ne valaient pas les soirs de ce mois de janvier avec la montagne rayée de traînes en flammes.

Ce n'était pas le sang recueilli sur les champs de la guerre qui convergeait de toutes les sources jusqu'au jaillissement du volcan ; le sillon en flammes ne renvoyait pas de lumière, ne rendait pas de son. Aucun lien, aucune ressemblance n'existait entre celui-ci et le mal que les peuples se faisaient. C'était tout autre chose. La destruction minutieuse des hommes entre eux était une fois de plus dépassée par le trafic intérieur de l'immense.

Dans un logement de fortune, ma mère, à une fenêtre nouvelle, tout juste âgée de dix-neuf ans, regardait les feux d'une guerre éteinte. Ces derniers coups du dedans, voix d'entrailles indifférentes, répandaient sur les décombres la couche de cendre de l'après-guerre et des privations. Elle n'avait pas encore vingt ans, les avoir ne lui importait plus.

ODORAT :
BRIOCHES ET AUTRES GAZ

Les enfants scrutent les tatouages. La virile vanité des marins, comme la nostalgie des détenus, laisse le corps se prêter comme la feuille ou la toile à la plume pointue du graveur.

Au temps de la mer d'été je connaissais les dessins et les couleurs sur la peau des pêcheurs, noms, cœurs, bateaux, lunes. Quand j'étais enfant, j'allais à la pêche avec mon oncle. Il avait un bateau à moteur que pilotait Nicola, le pêcheur qui partageait avec lui le produit de la journée. Le plus souvent on y allait tout seuls, mais parfois avec un invité.

On se levait de bonne heure, moi je passais par le seul bar ouvert et j'arrivais à la plage apportant les brioches encore tièdes à peine sorties du four. L'odeur appétissante se mêlait à l'odeur salée du bois de la barque et aux bouffées cadencées du vieux moteur diesel. Pour moi, c'était une odeur d'hommes et j'éprouvais un certain orgueil à la partager.

On partait de la plage des pêcheurs d'Ischia pour atteindre le bras de mer que l'on disait poissonneux à cette époque de la saison. Une fois, un homme maigre, d'une quarantaine d'années, l'âge de mon oncle, nous accompagna. Avant de monter à bord, je lui fus présenté et il me donna une poignée de main lente, distraite. Je faisais attention aux mains des hommes, à leurs cals, à leur façon de les tendre, de les croiser à l'état de repos : formes dans lesquelles j'essayais de reconnaître le caractère. Cet homme n'était pas de Naples, il parlait peu et tenait ses mains sur ses genoux. Il avait un tatouage sur le bras. Je le vis sur le bateau, car là seulement il retroussa ses manches, plongeant la main dans l'eau pour se mouiller les cheveux tandis que la barque avançait. Il n'était composé que de numéros.

Je ne posais pas de questions aux hommes, je savais qu'un enfant ne pouvait rester parmi eux qu'à condition d'être silencieux. Avec le temps, j'ai apprécié de tels usages. Les enfants qui posent des questions en rafales goûtent plutôt la sonorité péremptoire du ton de leur voix que les vagues réponses. Jamais je n'aurais demandé à l'invité ce qu'était le chiffre qu'il portait gravé. Je pensais d'abord à un numéro de téléphone, puis à un message secret, enfin j'imaginais qu'y était inscrite la somme des jours d'une vie, peut-être la sienne.

Les hommes parlaient peu entre eux, le moteur faisait sauter les lignes sur le payol en bois du fond de la barque. Le voyage vers le périmètre de pêche était fait de peu de gestes. Nous nous arrêtâmes au large de Procida. Nous plongeâmes les fils de nylon amorcés avec des bouts de *tòtano*, sorte de calmar, en essayant de deviner le niveau de profondeur moyenne à laquelle pouvaient se trouver ces poissons qu'on appelle *vope*[1]

1. Bogues : poissons méditerranéens au corps allongé, rayé de couleurs vives. (*N.d.T.*)

chez nous. L'homme au bras marqué imitait nos gestes en novice, mais avec assez de précision.

Je vis le coup sec que mon oncle donna brusquement, levant au ciel la main qui tenait la ligne. Tatata, les trois coups violents donnés par la *vopa* à l'hameçon, je les entendis et Nicola aussi. Debout tous les trois, nous tirions nos fils avec l'habileté nécessaire. Il fallait que la remontée fût rapide mais régulière, sans secousse. On devait aussi veiller à ne pas piétiner l'écheveau de nylon qui s'entassait entre nos jambes pour ne pas le retrouver ensuite tout emmêlé. Les belles *vope* argentées montèrent à bord et commencèrent leur frénétique batterie caudale sur le bois, son qui rend les pêcheurs tout joyeux.

Notre invité n'avait pas deviné la bonne profondeur, deux mètres suffisent parfois pour se trouver à l'écart du groupe. Nicola la régla pour lui et il commença lui aussi à sentir les petits coups brusques qui, du fond de la mer, transmettent au bout du doigt le frémissement de la prise.

Les poissons s'entassaient dans le baquet alors que le soleil montait au milieu du jour. Nos doigts imprégnés de poisson et d'eau salée, nous portâmes les brioches à nos bouches, les savourant sous le coup d'un féroce appétit. Les hommes avaient une odeur d'appât et de four. À cet âge-là, je me sentais membre d'une virilité commune du monde, muette, parfumée. Adulte, je ne l'ai pas retrouvée chez les hommes.

Nous revînmes vers Ischia. Mon oncle au gouvernail, Nicola nettoyait les poissons, moi à l'avant, loin d'eux. Notre invité mettait son bras dans l'eau, traçant un sillon parallèle à la barque qui avançait. Le bras tatoué fendait les vagues, proue de rien, derrière laquelle rien ne suivait.

Nous passâmes devant Procida à quelques encablures du pénitencier. D'une fenêtre à barreaux sortit un chiffon blanc, un bras nu agita ce linge. Ce signe nous était destiné, il n'y avait pas d'autre bateau à proximité. Je repassai en courant à l'arrière pour attraper mon maillot à rayures et je revins aussitôt à l'avant. La mer calme me permettait de rester debout : ainsi j'agitai mon vêtement de toutes mes forces, en équilibre. J'avais l'âge de raison, environ dix ans, je connaissais cet endroit et les réclusions avaient déjà mis leur germe dans ma pensée. Les hommes me laissèrent faire, ne répondirent pas au signe, ne s'occupèrent pas de moi. Tant que je vis ce bras j'agitai le mien. L'invité retira le sien de l'eau et enfila sa chemise.

Je raconte les petites choses qui se sont fixées dans mes sens. Avant tout, je garde en mémoire une odeur masculine, une appartenance à un monde d'adultes. Plus tard j'ai su qui était cet homme avec nous. Il faisait partie du petit nombre de rescapés des camps d'extermination. Ce numéro sur son bras n'était pas un tatouage, mais l'infamie d'un marquage. Il appartenait à cette humanité exterminée au gaz Zyklon B, dont l'odeur a empoisonné notre siècle, et que personne ne connaît.

Lorsque nous débarquâmes, il me tendit sa main, serrant la mienne avec une certaine fermeté. C'était une étreinte légère, mais sur son bras les chiffres remuèrent sous la poussée des tendons. Je répondis avec ma faible force à sa main. Comme la mienne, elle sentait le poisson et les brioches.

TOUCHER :
L'ANNEAU AU MUR

Lorsque arrivait septembre, le vent changeait de sens et la saison d'odeur. Au vent du nord-ouest des jours de soleil et de mer moutonnante succédait le vent de sud-ouest qui soulevait de hautes vagues. La pluie essuyait la poussière, les rues exhalaient la brûlure de l'été. Nous sortions dans les ruelles de l'île, nous abandonnions les habituels itinéraires des jours de mer. Notre premier lainage sur le dos nous avertissait que dans l'air parfumé passait l'odeur de la pinède humide et celle des cahiers neufs, aux feuilles toutes blanches. Sur les plages désertes courait le ciel sombre et c'était le temps des promenades. Une fois par an, au cours des jours venteux de septembre, nous montions revisiter le château aragonais, imposant récif armé comme une forteresse et relié à la terre ferme par un isthme étroit.

Sur une terrasse au sommet, un phare explorait la mer la nuit. De là, on pouvait embrasser du regard le profil sinueux de Procida et, derrière, plus loin, le golfe écrasé sous le volcan.

Nous montions vers cinq heures, à l'heure de l'après-midi qui permettait un rendez-vous et un déplacement de notre bande jusqu'au village des pêcheurs, derrière lequel se dressait le château. Dans les magnifiques pièces en ruine, les fissures des plafonds donnaient sur le ciel, celles des murs donnaient sur la mer. L'azur jaillissait en gerbes des parois. Les premiers sentiments, le désir de vouloir se retirer dans une secrète mise aux quatre vents étaient d'une intensité brûlante.

On s'arrêtait à l'entrée de la crypte des religieuses. Tous ne voulaient pas descendre dans la pièce qui abritait encore dans un coin un amas d'os poreux. On les asseyait, une fois mortes, sur des sièges à haut dossier en pierre, troués au centre pour permettre au corps de se décomposer. On les mettait à « égoutter », le corps perdait sa forme assis, dans l'obscurité, comme dans une cave. Nous descendions en silence, certains se tenant par la main. La mort était crue et proche, ni adoucie ni masquée, nous lui rendions visite, nonne noire de septembre, décomposition de saison en mer.

Aujourd'hui, les os ne sont plus là et la crypte aux sièges alignés le long du mur, éclairés par le courant, ressemble à un salon de pierre. Aujourd'hui, le cercle de chaises à haut dossier, trouées au centre, ressemble à des latrines communes. La mort est maintenant un déchet organique paré pour une cérémonie. Lorsque nous la touchions dans l'obscurité de la crypte à la lueur d'une bougie achetée pour l'occasion, elle était l'ombre assise de la vie, crânes et clavicules, anatomie sèche, échafaudage résiduel du temps de tous. Nous lui rendions visite avec crainte, sans dégoût, sans honte.

Nous sortions à la lumière par l'étroit escalier et soudain personne ne voulait être le dernier. Notre voix qui s'était éteinte en murmures redevenait aiguë et nous criions, en respirant fort.

Nous continuions notre tour à travers les boyaux du rocher et dans le château. Dans les couloirs de tuf, la fraîcheur lavait notre souffle. Sur le chemin du retour, nous entrions dans les cachots. Sous un arc de pierre nue une petite grille aux lourds barreaux tournait péniblement sur ses gonds. Nous passions par une cour dont les murs, autrefois élevés, prenaient encore par endroits la forme d'une fosse pour vivants. De là, on accédait aux vastes pièces communes dont les meurtrières laissaient passer, trop en hauteur, d'étroites bandes de lumière. Des parois de pierre lisse saillaient des anneaux ancrés, assez solides pour retenir une barque. À l'autre bout de l'amarre, il y eut des hommes soudés à la chaîne. Ils étaient l'ultime maillon d'un fer, ils consommèrent le temps comme un ordinaire, toujours au milieu des autres, maigre ration pour se garder en vie. Les pensées d'enfants en excursion devenaient soudain sérieuses. Sans aucun livre pour servir de voile, l'histoire se montrait à nu : épidémies, brûlures, neiges, guerres, battement régulier d'un jugement exécuté sèchement là-dedans, dans l'enceinte du temps perdu. Il y avait des murs comme ceux-là partout, une prison par île, notre Tyrrhénienne pleine de geôles. Nous touchions le fer pris dans la pierre, certains apprenaient tout à coup, dans le vacarme extérieur et un brusque silence intérieur, la dose d'horreur rituelle que chaque époque condense en une forme : la prison, pour nous.

Nous grandissions sur l'île l'été. Nul présage ne se faisait sentir dans ce destin, la pièce aux barreaux semblait si antique. Ce n'était pas la crypte, magasin final de la nuit de chacun, qui nous menaçait. C'était la plaie aux poignets, aux chevilles, la chaîne, l'homme bête pour l'homme, morsure d'un fer sans sommeil dans la chair. C'était la vie infâme, la sentine où le poisson pêché stagne et où on l'oublie sous le payol en bois de la barque, fruit de mer perdu dans le lest en eau de la quille. Hommes, âge féroce, guets-apens, barreaux, nous encore loin de notre destin, incapables de croire à la pièce qui nous entourait, immense pour y vivre. Sur certains, elle se refermerait comme une cellule.

Les murs étaient couverts d'inscriptions. Tant qu'il resterait un espace blanc à remplir avec un nom, une date, la prison ne finirait pas. Je touchais l'anneau enfoncé dans le mur, poli par l'usage, fer variolé de rouille, salé par la graisse des peines. Je tirais fort, il ne venait pas.

En descendant dans l'ultime lumière, nous courions dans les couloirs en spirale qui conduisaient aux dernières rampes et à la porte d'entrée. Les cris résonnaient dans le vide, la terreur gagnait les plus petits et ils fuyaient à toutes jambes pour retrouver l'air libre, sa sombre lumière. Enfin, du viaduc de l'isthme on se retournait vers la masse noire de l'îlot fermé. Dans notre dos, derniers à sortir, la grande porte refermait ses battants, presque d'elle-même ; personne ne nous suivait le long du pont. Le phare pointait sur la mer son faisceau de lumière, demi-tour de manège, deux secondes. Nous étions enfants sur l'île maîtresse.

Le regard tourné vers la terre, je me tenais fermement à la main courante du bateau qui nous ramenait en ville à la fin septembre. Je tirais fort, elle ne venait pas, tout était solide et l'âge suivant semblait un autre maillon de chaîne.

GOÛT : UN BOUILLON DE POULE

J'ai passé plusieurs mois, il y a des années, dans un endroit sous l'équateur, un pays appelé Tanzanie. Avant de m'y rendre, j'avais appris la langue swahilie qui est un moyen de communication valable pour une bonne partie de l'Afrique orientale.

Je vivais dans un petit centre. Les heures du soir se passaient sous un vaste amandier indien à boire du thé. Je parlais avec les hommes, mais les conversations les plus gaies je les avais avec les sœurs locales aux noms sereins : Mélanie, Léocadie. C'étaient des voix d'une langue qui met toujours l'accent sur l'avant-dernière voyelle, qui n'est faite que de paroxytons. Elles avaient un large sourire, toujours prêt, je parvenais sans effort à les faire rire en parlant de neige, de spaghettis, de tremblement de terre. Je traduisais pour elles des proverbes de ma ville : en mer point de tavernes, katika bahari hapana nyumba. Mélanie était comme moi, au cœur de la trentaine. Ses dents saines brillaient, le blanc de ses prunelles aussi, car elle riait les yeux ouverts. Elle marchait en oscillant à cause de ses pieds gonflés. Je n'ai jamais vu ses cheveux, toujours sous sa coiffe bleue.

Le premier jour de mon arrivée dans le petit centre, je vis un serpent à quelques pas de moi. Il était mince, vert vif, long d'un mètre. Il m'aperçut en passant, s'arrêta et après un moment d'hésitation se glissa sous une pierre. J'étais resté immobile, assis sur un banc, ne pensant qu'à essayer de contrôler ma respiration. Je voulus appeler, mais je me ravisai : de quoi aurais-je l'air ? Et voilà l'Européen pas plus tôt arrivé qui appelle à l'aide au premier petit serpent. Je ne voulais pas commencer ainsi. Mais à la première personne que je vis, je racontai d'un air détaché que j'avais vu ce genre d'animal. « Où ? » demanda aussitôt l'ami. En quelques minutes s'était formée une petite troupe de personnes avec des bâtons. Elles soulevèrent la pierre et tuèrent le reptile que les livres appellent mamba vert. Sa couleur brillante se ternit rapidement, sa peau tendue se plissa comme si elle lui était trop large. Je devais revoir plusieurs fois la scène qui suit la découverte d'un serpent au milieu des maisons. Ils ne plaisantaient pas avec les choses de la nature, ils ne l'apprivoisaient pas.

Le soir, j'allais me promener après dîner le long d'un cours d'eau. Dans le tapage des animaux nocturnes, j'entendais par moments du côté des broussailles le son délicat d'une clochette ; quand elle commençait, elle n'en finissait plus. Dans le noir des soirées sans lune elle sonnait, sonnait et moi je me sentais prévenu par ce tintement. De quoi, je ne sais plus ; je me souviens seulement que c'était un gracieux carillon, de ceux qui, dans une gare de province, précèdent l'annonce du passage d'un train en marche qui ne s'arrêtera pas.

Je retournais dans mon lit de camp, attendant le sommeil de neuf heures du soir. Dans le vacarme des nuits de marécage, je rêvais sans aucun son.

Un soir, au cours d'une promenade je sentis sur mon visage l'imperceptible caresse fulgurante d'une aile de chauve-souris, le contact le plus doux qui soit passé sur mon visage. J'avais eu l'occasion les années précédentes d'oublier les caresses. Je n'eus pas le temps de mobiliser mon dégoût, sous le coup de la surprise j'éprouvai une confuse gratitude pour l'obscurité et son léger doigté. Une nostalgie instantanée me fit oublier mon alarme. Si le corps a le sens de l'exil, c'est dans la peau.

Vinrent les fièvres. Sous la dysenterie amibienne s'annonça le paludisme. Je perdais de l'eau et du poids par tous les pores, je ne parvenais à rien avaler que je ne rejetais. Le trajet jusqu'aux cabinets était pénible, rendu incertain par le fait que la malaria avait aussi enfiévré mes yeux, rendant ma vue floue. À la fin de la première semaine, je n'étais plus en état de me lever.

Les sœurs venaient me voir, je les entendais parler du temps derrière le voile de la moustiquaire. Il était ma frontière et il s'épaississait.

Mes sens étaient tournés vers l'intérieur, je m'écoutais. Au cours de ces nuits sans sommeil se dégagea soudain une odeur jamais sentie jusque-là. Elle venait de l'aine, des aisselles, je la respirais continuellement, plongeant mes doigts et les reniflant. C'était une lointaine senteur, une balle de caoutchouc mou, le premier chewing-gum et l'acide cru de l'herbe coupée. Je devins anxieux de la sentir. Singe véloce qui caresse les branches en vol, mon nez courait dans cette odeur sur mes nerfs tendus et les touchait de l'intérieur. Pas lentement : je m'éteignais en hâte. Le temps passait et j'étais proche du blocage rénal, un peu d'urine foncée le signalait. L'odeur remplit mes narines, elle passait comme de l'encens frais sur mon délire tranquille. Sur la mer il n'y avait pas de tavernes.

Mélanie vint un soir. Elle apporta du bouillon de poule. Je ne crois pas qu'elle me dît ce que c'était, je ne crois pas qu'elle me dît grand-chose. Elle souleva le voile de la moustiquaire. Dehors il y avait cette chaude obscurité de toujours, moi j'étais sous une couverture militaire anglaise en laine. Elle envoya tout en l'air, je frissonnai, confus, plus de ses manières que de froid. Elle me fit asseoir au milieu du lit, poussa en dehors mes jambes maigres et, assise près de moi, elle me tint solidement immobilisé dans une étreinte dont je ne pouvais glisser. Mon corps blanc osseux disparaissait dans sa prise, dans sa main brune mon épaule tenait tout entière. Puis, une cuillerée après l'autre, elle me fit tout boire, même ce que je rejetais et qu'elle recueillait dans une cuvette sur mes genoux.

Qui sait où elle avait trouvé ce poulet, qui sait combien il lui avait coûté. Je sais aujourd'hui que c'est l'aliment le plus efficace contre la déshydratation. À ce moment-là, j'étais trop faible pour être capable de le refuser, je le subissais comme une torture à laquelle je ne pouvais échapper. Mourir devient malaisé si quelqu'un veut vous sauver de force, pensais-je, bouillant de fièvre contre elle.

Elle revint m'en apporter jusqu'à ce que le poulet entier fût consommé, jusqu'au dernier pressurage. Je me mis à le goûter en appuyant ma langue contre mon palais. Il avait plus de saveur que je ne suis prêt à en attribuer à un bouillon de poule. La pression de son épaule contre mon corps transmettait plus de force qu'il n'était nécessaire pour me soutenir. Dans son zèle secret bouillonnait un excès, un gaspillage qui ne laissait aucune trêve. Elle était sévère, brusque dans ses manières, comme un reproche de qui vous entraîne sans parler.

Les fièvres cessèrent, seule la dysenterie persistait, je pris un avion, je lui ai écrit quelques cartes postales, de temps en temps. La vie qui s'évaporait hors de moi distraite, parfumée, fut remise en moi par cuillerées, plus mienne qu'avant, imméritée, dépensée.

L'ADDITION

À chaque déménagement, mon père orientait à nouveau son lit les pieds vers le Vésuve. C'était le sens de son sommeil, profond en tout cas après les gorgées de vin du soir. Une nuit de secousses et de pirouettes des carrelages et des lampes, on ne parvint pas à le réveiller et on le laissa à la maison tandis que les tarentulés de la ville campaient dans la rue.

Vésuve, tremblement de terre, solfatare, le sol, ce ventriloque, fait suinter en surface la mixture constipée de ses viscères. Qui de nous, en regardant la mer encore un peu azurée, n'a pensé qu'elle est un refuge plus sûr que les immeubles de tuf ? Des myriades d'entre nous ont confié à la mer leur voie de fuite. Nous avons la morsure de la terreur dans la gorge, nous devenons des chanteurs célèbres à force de crier sauve-qui-peut dans nos sommeils, nous devenons enroués à cause des cendres et des lapilli tombés dans nos rêves. Et notre saint protecteur est un petit soldat en sentinelle face au torrent de l'incendie le long du plan incliné du volcan. Le peuple courrait avec la statue avocate au pont de la Madeleine pour le dernier barrage. Un de ce coin-là, sans pouvoir rien y faire, sans se rendre compte, grandit, construit par un volcan.

Ainsi, je regardai de son côté, sa forme de miche gonflée, par la fenêtre d'un train qui me détachait de l'endroit, et seulement vers sa grosse caboche en forme de cratère sortit de ma bouche : adieu. Je quittais ma place, celle qui nous est échue à la naissance, où l'on devient minéral à force de grandir en os et où l'on devient bois à force de racines de cheveux et de poils sur le visage et le pubis, où la voix blanche de l'enfance se rouille et gronde en raclant la trachée. Je partis en les trahissant tous, père, mère, sœur, maison, études, les rares amis et les mille semaines de résidence, tant il en faut pour faire dix-huit ans.

Aucune fille ne se mouchait sur le quai de la gare, je n'ai trahi alors que cette aucune. Traître à une vie apprêtée, déjà affublée d'un titre, qui n'avait qu'à se dérouler, et pourtant rien, on se saisit au collet et on se tire sans l'ombre d'une lettre, d'un métier dans les mains, d'une nouvelle adresse, muet et bourré de jamais plus. N'importe où sauf ici, n'importe quelle faillite plutôt que cette demi-heure de patience tous les trois quarts d'heure. Trahir et ne pouvoir le faire avec le soulagement de la lâcheté, mais quand même forcé de recourir au plus absurde courage jamais possédé avant, demandé en prêt au futur, s'endettant envers lui. Trahir c'est sentir ses poumons en feu, l'air de la fuite brûle dans les alvéoles, la liberté volée doit être féroce, sinon elle ne résiste pas au remords de la douleur de ceux qui restent.

La ville bannissait ses absents. Ceux qui n'y vivaient pas étaient inscrits sur le registre secret des expulsés. Napolitain est un titre seulement pour les résidents, la naissance ne suffit pas. C'est ceux qui restent qui comptent, tous les autres sont des étrangers. Napolitain : vient assez peu d'une journée passée au soleil, mais dépend bien plus de sa montagne, pandoro au levain de fusions. Dans chaque maison se trouve l'aquarelle nocturne des laves incendiaires, la mer éclairée au sang. Napolitain est adorateur du volcan au point de lotir ses flancs, de remonter à son cratère et même d'y construire dedans un stade aux gradins déjà évidents. Des pensées de celui qui se détache, jeune, sans saluer et regarde par la fenêtre de droite le volcan qui lui tourne le dos avec sa traîne de pentes douces sur Caserte.

Je n'ai repensé au verbe trahir que bien plus tard, au cours de l'automne 1980. J'avais trente ans, non plus comptés en semaines mais en villes et distances. J'étais à Turin où finissait en une seule saison de feuilles secouées tout le commencement de politiques âpres, antagonistes, d'une génération. Avec d'autres ouvriers, je bloquais les grilles d'une usine pour affronter et résister à un déluge de licenciements. Nous avons tenu le temps d'une quarantaine, une quarantaine de jours et de nuits, autant que la cataracte de Noé, nous sans arche.

Quand les eaux se retirèrent, les ouvriers restèrent dehors. L'histoire de la décennie de force et de soulèvement ouvrier finissait là. L'histoire sait trahir, il n'y a pas à rouspéter, il suffit d'avoir été dedans et de lui avoir donné la bonne pesée. Des pensées d'un homme qui arrivait en train de Turin à la ville du volcan. Je n'apportais pas avec moi le verbe revenir, celui qui part de là perd son droit au verbe. On peut aller, là-bas, revenir, non.

De la fenêtre de gauche, le matin, le volcan était doré sur les bords. Il est à bonne cuisson, à midi il sera prêt sur la table du golfe.

De la maison, je revis l'ouverture sur le large. Du grand-angle de son balcon, je tournais la tête du Vésuve jusqu'à la pointe du Pausilippe, enserrant au milieu la côte de Sorrente et l'île de Capri, étendue comme une digue du golfe. Moi, je n'étais plus moi, trente ans, douze au loin, un étranger passé à d'autres usages, un ouvrier du Nord.

La ville qui, enfant, me semblait violente était en beurre, mes mains n'arrivaient pas à la toucher. Serrer la poignée du vieux tram et ne rien sentir, pas même le moindre appui : l'organe du toucher décidait de la séparation au nom de tout le corps. Je tanguais sur le siège du funiculaire de Mergellina qui glisse sur sa poulie dans l'obscurité du tunnel de tuf. Je t'ai trahie et c'est tout. Il me reste l'honneur secondaire de l'avoir fait gratis, non pas pour faire fortune, non pas pour de l'argent étranger. Pour le rien de mes vingt ans exposés aux bagarres politiques du monde, au passe-partout des affrontements de rue, le simple levier des insurrections. J'ai trente ans et j'arrive à mon point de départ les mains vides. Sur le quai aucun mouchoir de fille, ainsi je souris de la symétrie.

Je descendais des avenues du Nord emmitonnées de brouillard pour rester un dimanche face au môle, aux voiles, aux proues des bateaux qui conduisent aux îles. Je regardais le bien connu que j'avais oublié. Luca, mon jeune cousin, m'invite ce soir-là dans une pizzeria de Fuorigrotta et ainsi je la vois, elle, la fille à se frotter les yeux. Et je m'assieds, je parle et bois avec elle comme une chose établie depuis bien longtemps et ces minutes-là remplacent des années. Je l'accompagne chez elle et l'écheveau de ses cheveux ne se retire plus de mes mains, elle ne se détache pas et pourtant je dois partir, remonter. Alors commencent les lettres et les trains aller-retour de Turin, de Naples, de nuit, une vitre de fenêtre pour oreiller, toute ma paie aux billetteries, il en restait pour un soir, un cinéma, un prétexte.

C'est l'automne du tremblement de terre, elle me trouve un emploi de manœuvre sur un chantier de la ville secouée et pleine de béquilles. Je quitte le Nord pour vivre avec elle. Ville et fille, je les confondais, montraient que j'étais parti à vide, tu vois, tu pouvais rester ici, à trente ans tu ne devais pas commencer à zéro, par le blanc de chaux, la pelle qui retourne le mortier sous tes coups de souffle et l'hiver dans la rue tu ne te retrouvais pas la gueule ruisselante face à la tramontane.

Ville, fille, faites que je sois un étranger, que mon « me voici » soit celui d'un inconnu, un des nombreux tombés dans les environs, artistes et crève-la-faim, échappés d'une marmite de prison, de quelque Amérique ratée. Conduisez-moi à Santa Lucia et dites : ça c'est le bourg maritime, ça c'est Castel dell'Ovo.

Le dimanche, nous allions en quête de balcons, où nous accouder de profil, Cumes, Ravello, Baia, L'Épomée, où pouvoir rester côte à côte, frôler les nœuds de nos doigts, appuyer nos tempes. Nous ne faisions pas de longs discours, mais nous étions là et être là était toute la durée promise.

Les autres jours, je sortais de sa chambre alors qu'il faisait encore nuit, je me glissais dehors en laissant quelques traces de café, je la revoyais le soir.

La ville était encombrée d'étais, le travail à faire datait d'avant l'avènement des machines. Pas de bétonnières, on mélangeait à la main dans la rue la colline de sable, gravier et ciment, déchargée des camions.

Les ouvriers étaient vieux, ils venaient des villages de la plaine, des visages de paysans. Le soir, ils rentraient achever chez eux une besogne laissée en suspens. Ils étaient forts, de ceux qui se brisent d'un coup pour ne jamais s'être épargnés. Solidaires entre eux, ils faisaient peu confiance à l'étranger. Eux oui, ils me faisaient la grâce de me prendre pour un homme débarqué de loin. Ils ne s'arrêtaient pas à l'heure, mais juste un peu plus tard pour ne pas montrer qu'ils avaient hâte de finir. À midi, pour ne pas me mêler de leurs affaires, je sortais un livre et je mastiquais au-dessus. Je touchais vingt-cinq mille lires par jour. C'était une bonne vie, maigre, mais avec ville et fille.

Elle me demandait : change, tu n'es pas fait de ça. Je ne répondais pas. Dans le métier, j'y serais resté seize autres années. De mes silences, elle repartait avec un sourire ou avec la menace feinte d'un coup de poing sur la tête. Certains soirs, elle rentrait tard, pour une fête, une réunion entre amis, un concert. Nous sautions un jour, je lui laissais une lettre à la cuisine. C'était beau de lui écrire de près, de poster mon courrier sous sa serviette.

J'avais une belle veste, héritage d'un oncle mort jeune. Elle lui plaisait, une fois elle me demanda de la porter pour une soirée, une invitation à une fête. Je n'y allais pas, je ne connaissais pas, je ne savais pas comment y être. Je me cuisinais une mixture quelconque, je lisais une histoire d'outre-mer, puis le sommeil m'abattait d'un coup de marteau entre les yeux. L'aube suivante, je retrouve ma veste sur une chaise de la cuisine, elle s'était déshabillée là pour ne pas faire de bruit, que de toute façon je n'aurais pas entendu. Je la soulève pour la replier et une feuille sort de la poche, une note de restaurant, deux couverts, à Sorrente, une belle somme, la date, celle du soir précédent. Pas de fête, seulement le souci de me raconter une craque pour ne pas m'inquiéter. Trahi ? À ce moment précis oui, une gifle en pleine figure, au point de poser la main dessus pour ne rien laisser voir. Trahi, mais ce n'était pas le verbe entier, elle était là, dormait dans les draps achetés en même temps que les assiettes, trahir c'était si elle n'était pas là. Je m'en rends compte, j'arrive à le dire maintenant, alors non, je sortis de la maison avec deux feuilles en poche, l'addition et la lettre reprise sous la serviette, en oubliant le livre qui sauvait mon voyage dans le wagon entre les Champs Phlégréens et la place Cavour. Je postai ma lettre dans une poubelle et de l'autre papier il m'est resté le détail ridicule d'un vin blanc, une marque réputée.

Sans le livre du voyage, mes pensées s'embrumaient : l'addition est arrivée, c'est une feuille de départ, urgent comme un « va-t'en », que veux-tu d'une ville et d'une fille, tu es parti au loin liquider le meilleur de ton temps, ici tu ne connais personne et personne ne peut résumer tes années ratées. Pourquoi viens-tu t'arrêter dans la ville déblayée et couverte de gravats, où il suffit d'un coup de sirocco pour détacher tuiles, corniches, crépis ? Ce n'est pas un lieu de noces. La fille doit se pencher sur l'avenir comme sur un balcon de montagne, toi tu peux lui offrir une ruelle. Qu'elle t'aime ne suffit pas à arriver au jour suivant, et que toi tu l'aimes : merci, elle, elle est la fête, la fortune, ta place, toi tu es la dent extraite d'une mâchoire qui retrouve son point de départ dans le creux de son étreinte. Elle, elle est ta place, mais toi, tu n'es pas la sienne. Des pensées de cheval, agité, sans jockey, qui tourne en rond dans le sens contraire de la course. Je m'épuise exprès dans les heures de chantier. « Chiano, guagliò, c'amm'arriva' a stasera ancora vive », doucement, garçon, nous devons arriver encore vivants jusqu'à ce soir, me dit le vieux manœuvre en s'arrêtant un moment.

Mais aujourd'hui la pelle bouge toute seule dans ma main, c'est elle qui tient les bras et pousse dans le dos. Il insiste : « Qu'est-ce que t'as mangé hier soir, de la poudre à canon ? »

Et un instant après : « Tu veux aussi ma pelle ? »

Il a raison, je vais deux fois plus vite que ses coups de pelle, ça le vexe et moi je n'arrive pas à lui répondre, pas même avec un souffle de sourire. Je décroche tard moi aussi, pour une fois je ne suis pas pressé de rentrer, de l'attendre et de m'asseoir en face d'elle. C'est drôle de se sentir comme une dent, mais pas celle de la sagesse.

La cuisine est éteinte, je ne prépare pas le dîner, je ne mets pas les assiettes, pas de vin. Je m'assieds avec la feuille de l'addition dépliée et j'attends. Elle rentre, salue, voit et s'assied.

Combien de temps sommes-nous restés en silence, puis quelles paroles envoyées à la mort dans le champ des centimètres que nos mains ne pouvaient traverser : j'ai oublié. Elle a dû me dire de ne pas faire comme ça, mais moi je ne sais plus de quelle matière était ce comme ça, s'il brûlait ou s'il était éteint.

Maintenant que c'est de la vie passée, je récite l'acte de contrition : je me repens et je regrette, je regrette et je me repens de lui avoir présenté la note. L'arrogance d'être dans mon droit gonflait la veine de mon front. J'avançais ma réclamation éraillée et plus elle était sacro-sainte, plus elle était ridicule : je lui demandais des comptes, on ne doit jamais le faire entre ceux qui sont en amour. Il n'existe ni trahi ni traître, ni juste ni impie, l'amour existe tant qu'il dure et la ville tant qu'elle ne s'écroule pas. Puis il existe les bagages et on redevient réfugiés, sans l'excuse de la malédiction d'une guerre, sans un malheur à partager avec d'autres. De cette addition, tout a été déjà payé et le solde était qu'il fallait se lever de la chaise, de la chambre et de la ville.

LE POUCE ARLEQUIN

Pour Noël de l'année 1956, il s'offrit tout l'équipement, toiles, palette, tubes d'où sortait le double concentré des couleurs et un chevalet en bois, mais grand comme un cheval. Une fois ouvert, il n'était pas à son aise dans le faible espace de la maison. La peinture est une bête de grand air.

La dépense avait été forte et il en avait honte, ce qui le rendait bourru : « On ne touche pas », nous dit-il à nous les enfants, ajoutant un nouvel article à l'ordre des choses interdites. Avec les années, elles croissaient en nombre comme nous en hauteur. Puis vient l'âge où diminuent et cessent les ustensiles interdits. Si l'on s'approche de l'arbre défendu on est chassé du jardin, mais si justement on ne s'en approche pas, cette plante meurt et de toute façon il faut quitter l'enclos.

À la différence de l'histoire ancienne, ma sœur n'était pas attirée par cet arbre chevalet planté de travers au milieu de la pièce des livres. C'est moi qui effleurais la soie des pinceaux, la bandelette colorée qui entourait les tubes, le bord du cadre, mais je touchais surtout le bois solide qui portait dans ses bras la toile à peindre. Aujourd'hui je sais qu'il était en hêtre, à ce moment-là c'était un bout de bois au beau milieu de la pièce. Mon père fit peu de chose, il avait besoin de regarder loin pour peindre, il attendait l'été.

Nous apportâmes ce chargement en plus sur l'île. Face aux protestations de ma mère, je fus pris comme complice avec le rang d'auxiliaire. Lui se chargea du chevalet et des toiles, moi des pinceaux et des couleurs. Ainsi, en récompense, j'obtins d'assister, en silence, aux séances de peinture. Il dessinait au crayon sur la toile, puis il pressait les couleurs, les mélangeait sur la palette et se mettait à courir derrière le paysage. Il faisait un tableau en deux jours, des barques, des pins, le château, des rochers, la mer, pas de visages, pas de personnes, pas d'intérieurs, mais de l'air éclairé.

À la fin des vacances, la palette était incrustée des plus belles couleurs. Des tubes avaient jailli lumière, vacarme, abus de puissance. Là où se posait la boucle d'huile, commençait une lutte avec les autres couleurs tout autour qui voulaient écraser l'intruse, la recouvrir. Le blanc était celle qui excitait le plus : les autres voulaient la manger, puis en tombaient malades, pâlissaient. Le noir était la plus dangereuse, toutes l'évitaient, comme faisaient les gens avec le charbonnier qui passait avec ses sacs dans les escaliers. Je ne regardais pas tant le lissé du pinceau sur la toile, j'observais plutôt la querelle des couleurs sur le marché de la palette qui avait un trou pour le pouce et le sien trempait dans la sauce de l'arc-en-ciel.

De retour en ville, maman ne voulut pas du tas encombrant des toiles, chez nous l'espace se comptait en centimètres. Lui ne se prenait pas pour un artiste et songeait encore moins à avoir le dernier mot avec elle.

Il se résigna à sauver deux ou trois toiles. En ville, il abandonna le chevalet, pour empêchement de vue.

Il se mit à faire des aquarelles qui encombraient moins. Privé d'arrière-plan, de poussée du regard vers le large, le soleil d'hiver était un passage de pinceau sur les derniers étages.

Il feuilletait les livres des peintres et essayait de refaire leurs tableaux sur des feuilles à dessin. Pour moi, ce fut un adieu à la palette, au pouce arlequin : les nouvelles couleurs étaient une terre dans un godet, à ranimer avec un peu d'eau. Il n'y avait ni bruit de source ni cris d'émaux querelleurs.

Je ne pouvais pas me mettre derrière lui, il n'y avait rien à voir. C'était ça la ville, un débarras étroit partout, un fils ne pouvait se tenir derrière un père par manque d'espace. Le jeu large de l'été s'était recroquevillé, l'huile étincelante des couleurs s'était éteinte dans la boue colorée des petites eaux. Dans le nez ne piquait plus l'acide de l'essence de térébenthine. Lui ne se décourageait pas, moi si, j'étais un enfant souvent prisonnier et je résistais au désespoir avec la première ressource de l'enfance, la patience, une promesse physique de grandir, de prendre consistance après.

Un soir où il avait fini de refaire à l'aquarelle la chambre de Van Gogh, il se sentit peut-être heureux. Il m'appela pour la regarder en la comparant avec la reproduction du livre. Elle était humide des dernières touches et par rapport au modèle elle était plus mouvante, plus saccadée dans les lignes. Mais elle était belle, il y avait de l'espace dans cette pièce, même si elle était étroite on voyait qu'il y avait aussi de la place pour un chevalet, qui pourtant n'y était pas. « Il y est, dit-il, il est en train de peindre sa chambre de l'intérieur. Nous ne le voyons pas mais lui tourne le dos à la porte et se tient derrière son chevalet. » Je compris pour la première fois que dans tous les tableaux on se met près de son auteur, derrière lui, au même endroit. À force de lire beaucoup de livres, de voir beaucoup de tableaux, on prend si souvent la place de l'auteur qu'on devient comme l'un d'eux. Cela dure peu, mais on garde l'impression d'une coïncidence. Je lui demandai : « On devient peintre à force de regarder ? » Il fut contrarié par ma question, il me répondit sérieusement : « Non, à force de faire. »

Pour lui faire plaisir, je lui dis que sa chambre était devenue plus propre que celle du livre. Ça lui plut, il posa la main sur ma nuque et puis : « J'ai oublié de peindre la poussière. »

Le ton de sa voix m'encouragea à demander encore : « Pourquoi tu copies ? » Je savais pourquoi, il n'y avait pas de monde autour, pas un centimètre d'horizon, rien n'était loin, mais tout serré sur nous.

Il ne répondit pas ça. « Je ne copie pas, j'imite, je répète un dessin, j'essaie de le refaire, pour rester près du peintre, pour l'accompagner. Moi, j'ignore par où il a commencé, peut-être par la fenêtre, moi au contraire par le lit, mais à la fin je le rejoins à force d'imitation, par admiration. »

Et encore : « Tu sais ce que veut dire admiration ? » J'ouvris la bouche pour dire oui, que je l'admirais lui, mais il me semblait qu'il n'éprouvait pas la même chose pour les peintres. « Voilà, tu suis une autre personne non pas pour lui être semblable, mais parce que tu ressens de l'affection pour ses gestes, pour ses pantoufles, pour la paille de sa chaise... », il se troubla, ne poursuivit pas. Je ne comprenais pas. Pour moi, faire comme un autre c'était copier et à l'école on était grondé. Faire comme un autre : je ne pouvais pas, c'était jouer un rôle et je n'ai jamais su agir ainsi.

Ses aquarelles séchaient sur les gradins de la bibliothèque, je ne les regardais plus. Je les ai retrouvées dans un vieil album à dessin après sa mort. Ce sont quinze reproductions de peintres impressionnistes. Je les ai encadrées et maintenant elles sont ensemble sur un de mes murs.

Elles forment un balcon de couleurs, dernier fruit de sa vue entière et penchée au-dehors. Ce sont les preuves manifestes de sa force d'admiration, avant que se trouble l'eau de ses yeux et que ses pupilles restent sèches, une aquarelle, sur le lointain. Pour admirer ainsi, il faut de l'amour, et qui ne sait pas le faire, comme moi, en manque.

LE PILIER DE ROZES

En géométrie il n'existe pas de solides à une seule face, en montagne oui. Le pilier de Rozes est adossé à la vaste muraille de la Tofana et offre un seul côté, au sud, droit et à plomb.

Durant l'été 44, deux jeunes gens pensèrent y ouvrir une voie d'escalade en plein centre. D'autres du même âge mouraient de guerre mondiale et de guerre civile, la vie des jeunes ne coûtait pas cher alors. Ils pensèrent donner de la valeur à la leur en escaladant ce triangle aigu géant. Ils accomplirent un chef-d'œuvre d'alpinisme, ils montèrent sans éviter ni toits ni surplombs, filèrent droit au sommet sur plus de cinq cents mètres. C'était juillet, des journées longues de lumière. Ils plantèrent des clous là où l'égratignure du calcaire offrait une invitation au fer doux frappé par le marteau. L'ensemble de ces coups pointille une escalade qui porte leur nom : Costantini-Apollonio. Si une pierre tombe du sommet, sait-on jamais, elle arrive à terre sans rebondir sur la paroi.

J'avais déjà essayé de l'escalader, mais arrivé à la moitié la journée s'était obscurcie de nuages, le vent s'était attaqué aux cordes comme un carillonneur, le tonnerre grondait sur des cimes voisines pour nous avertir de nous dépêcher. On n'avait pas le temps de sortir sur le sommet, il fallait se retirer et vite. Le renoncement en montagne est un acte d'humilité, et donc difficile. La moindre cordée de deux, même si elle s'entend bien, en a toujours un qui encaisse moins bien la retraite, qui voudrait risquer un peu plus. C'est triste de descendre avec la corde et de glisser des toits qu'on venait juste de franchir en obéissant au style du grimpeur qui tire parti de la roche et des seuls appuis, et non pas des pitons.

Tu te distrais avec les éclairs. Ils s'enracinent dans l'air à l'aveuglette, par attraction de la terre, ils frappent les parois en quête de l'âme de fer des montagnes. Quelque chose, une petite décharge les appelle et, fous de lumière, ils courent sur les cibles. Celui qui dans l'escalade porte l'acier des mousquetons est une luciole à éclairs. Il a suffi parfois de la poussée de l'air frappé par une décharge voisine pour détacher une cordée de la paroi. Ce sera pour une autre année, te dis-tu, tandis que le pilier n'est plus qu'un biscuit trempé, et qu'il ne te reste de sec que la pensée d'y revenir. Puis on arrive au refuge et on mâche en silence au milieu de familles en vacances qui crépitent de leurs bavardages plus forts que l'orage.

Et ainsi j'y suis revenu, une aube de trois ans plus tard, avec une fille svelte et vive. Elle est contrariée que je ne porte pas de casque. Le sien, elle se l'enfonce bien sur la tête, une caboche rouge qui me rendra tout joyeux en la voyant monter. « Si tu te casses cette tête vide, je te plaque ici », me dit-elle avant de partir, tandis que je fais autour de ma taille le nœud que les marins appellent nœud d'agui. Je lui réponds : « Je sais que tu pourrais planter un époux sur les marches de l'autel, mais un idiot de compagnon de cordée avec un trou dans la tête, ça non. — N'y compte pas, dit-elle. Terminé ! »

C'est une aube chaude, le ciel ouvert, mais du fond de la vallée monte la condensation. J'escalade les quarante mètres de la fissure d'attaque, je suis un peu lent, j'arrive au relais, je regarde autour de moi et je ne vois rien, je suis dans un nuage. Le pilier est capitonné d'air trempé. Sous les pieds quelque brèche de lumière sur les graviers : ce sera comme ça pendant toute l'escalade.

Je tire trois coups secs sur la corde pour lui signaler qu'elle peut commencer l'ascension. En montagne, j'essaie de ne pas faire de bruit, de ne pas appeler mon compagnon de cordée. Je désire passer sur la pointe des pieds et des doigts, en silence, parce que sur la paroi je suis un corps étranger à la matière. Pour moi, c'est une créature gigantesque et moi je suis une de ses puces qui voyage en cachette. Je ne plante aucun piton, non par respect, mais parce que je veux passer inaperçu. J'utilise ceux qui sont déjà sur la paroi. Je ne l'apprivoiserai jamais, je ne pourrai jamais risquer une intimité. Je la remonte seulement pour sa beauté. La fille avance avec agilité, de la fissure pointe le coquelicot rouge de son casque.

Je repars, je vais lestement sur les points dont je me souviens, le nuage donne du poids à mon souffle, protège mon silence. Du fond de la vallée ne monte aucun bruit.

À chaque relais, nous échangeons rapidement notre matériel, nous ne parlons pas, je repars dès qu'elle est prête à me donner de la corde. Au bout de quelques mètres déjà elle ne me voit plus, elle confie à la pointe de ses doigts l'intelligence de la bonne mesure de sécurité. Sans me rendre compte du trajet parcouru, je débouche sur la terrasse de la première vire. Au-dessus de ma tête, un encombrement de toits barre la suite. Nous nous regardons en face, à partir de maintenant on avance en surplomb, on va en baver. J'y vais, collé à la roche je me frotte contre elle, je serre une écaille jaune qui me conduit sous le premier toit. Il déborde de deux mètres, je passe une corde dans les mousquetons, je me replie au-dessous, à partir d'un appui je m'allonge, j'attrape le bord, une entaille qui le fend, je plante mon talon près de ma main, je suis dessus, je m'arrête.

C'est à son tour. Elle n'aime pas les surplombs, je l'entends bougonner parce qu'elle n'arrive pas à dégager un mousqueton, puis elle souffle fort, je vois sa main dépasser du bord à la recherche de la prise sur le toit, dix à droite, lui dis-je, elle l'empoigne, y colle son autre main, tient fort et se hisse, voilà le rouge qui apparaît sur le toit, un pied s'agite en l'air, puis trouve un appui et en un instant elle est à côté de moi, sans s'être suspendue à la corde, pas même un peu. Je suis gêné de lui dire qu'elle est forte, car c'est comme me le dire à moi aussi, et en fait nous sommes seulement justes pour ici en haut, très très justes. « Tu pourrais bien dire que je suis forte », proteste-t-elle, moi je reste silencieux, je fais mine de regarder en l'air, vers le prochain toit qui nous attend. Nous sommes venus pour ça, nous nous y engageons et nous le passons.

Nous sommes à mi-paroi, sous le surplomb qu'on appelle dos de mulet. Le nuage est dense, nous ne savons pas le temps qu'il fait derrière lui. Nous nous regardons : nous sortons. Dans le jargon ça veut dire : au sommet, on va tout droit, on continue l'escalade. Nous nous en remettons à la consistance de notre nuage, qu'il ne se défasse pas en pluie et ne mouille roche et corde.

Nous sommes deux : sur une paroi c'est bien plus que le double d'un. J'attaque les vertèbres basses du dos de mulet, je souffle sur des prises glissantes, je passe la corde dans tout ce qu'offre la voie, même un coin de bois qui est là depuis cinquante ans. Je surmonte la difficulté, elle suit, avec une agilité croissante. Hors de la section des toits, elle est plus sûre d'elle. Elle me rejoint. Nous sommes dans une cheminée coupée dont on ne voit pas la fin, droite et étroite. Je monte en évitant sa tête, notre deux se détache à nouveau pour dévider une bourre de corde entre nous : nous sommes une unique bête qui se faufile, recule, s'entortille autour d'un ancrage et puis se glisse vers le haut. Au sommet de la cheminée, elle rate un appui, son pied glisse, elle s'agrippe d'un coup sec des nerfs, elle laisse échapper : « Tiens », bien sûr que je tiens fort, mais ça n'est pas nécessaire, cette fois-ci non plus elle ne se suspend pas à la corde, elle se rattrape toute seule.

Nous allons tout droit au-dessus, là où la paroi s'incline et où la ligne de montée est moins évidente. Le nuage enrobe le pilier, nous allons un peu à tâtons, je trouve des traces, je consomme toute la longueur de corde qui nous sépare, cinquante mètres, je m'aperçois qu'elle ne peut pas m'en donner plus, je m'arrête sur un éperon. Du sac du nuage s'écoule une pluie fine qui pique les yeux, je vois son point rouge qui brille et arrive en remontant du fond gris de vapeur et de pierre. Nous regardons nos visages dégoulinants. Nous sommes presque sortis, même si on ne voit pas le sommet. Nous sommes deux, le contraire de un et de sa solitude suffisante.

La corde s'entasse sur nos pieds, elle s'approche et moi je regarde le nœud serré autour de sa taille. Non pas pour vérifier si tout va bien, mais par affection envers une alliance de corde. « Qu'est-ce que tu regardes ? dit sa voix. — Je regardais ton nœud. » Elle le vérifie : « Tout va bien, non ? Peut-on savoir à quoi tu penses ? » Je réponds : « Au nombre deux.

— Eh bien ! Quand tu arrives au trois, fais-moi signe, dit-elle pour dire quelque chose.

— Pour aujourd'hui, je me contente du deux », dis-je, acceptant la réplique en me remettant à escalader le bord du pilier. J'arrive dessus après un dernier saut de roche, je regarde autour de moi et il n'y a rien d'autre, plus de paroi, hop là ! Des signes de passage indiquent la descente. Elle arrive, elle aussi, nous sommes vraiment sortis sur le sommet, il n'y en a plus, elle s'assied, nous prenons du pain, du fromage, un couteau, le temps d'avaler, puis le nuage, qui en a assez de nous, s'émiette en grêle. Le crépitement pique mon crâne dépourvu de casque et ça c'est la punition pour rire de mon insouciance. Nous rembobinons à nouveau les cordes, comme deux domestiques qui débarrassent la table, nous retirons nos souliers d'escalade et nous enfilons nos savates du retour. Nous plaisantons sur la grêle répandue par poignées comme du riz devant une église de noces, nous descendons sans nous retourner, étrangers après avoir effleuré la pierre le bon nombre d'heures, la bouche toujours à un souffle de l'embrasser.

Tous nos pas ont suivi un désir. Pour l'exaucer, il a fallu mettre nos pieds dessus et le piétiner.

L'USINE DES VOLS

« Nous construisons des maisons pour les autres, mais la nôtre est encore en projet », je traduis cette phrase de maçons du Sud, entendue sur les chantiers. Dans sa langue c'est : « Fravecammo 'a casa all'ate, sulo 'a nosta sta 'n prugetto. » Pendant presque vingt ans de métiers ouvriers j'ai accroché bien des fois mes vêtements dans des vestiaires avec des hommes de tous âges et de toute géographie. La majeure partie était du Sud et j'ai entendu cette phrase de leur bouche, prononcée avec un entêtement de mélancolie.

Elle me revenait à l'esprit au temps où j'étais ouvrier sur la rampe de chargement des avions à l'aéroport militaire de Sigonella, au milieu des plantations d'agrumes de la plaine de Catane. J'avais été embauché par une entreprise qui s'occupait de tous les services à terre de cette grande base aérienne, la plus importante de la Méditerranée au milieu des années quatre-vingt. On travaillait la journée tout entière, par poste de neuf heures, souvent deux d'affilée. Je vivais avec un groupe d'ouvriers de Naples placés, déplacés, dans un logement de banlieue. On était trois par chambre, chacun son lit de camp, son roulement différent. J'ai appris là l'empressement à s'aider entre hommes.

Nous nous aidions : celui qui était de repos faisait les courses pour les autres, cuisinait, nettoyait le logement. En rentrant du travail on faisait doucement pour ne pas déranger le sommeil de ceux qui se reposaient. Ils souffraient de dure nostalgie ces Napolitains transférés dans un faubourg de Catane, ouvriers sur la rampe de chargement des avions. C'était une rage de dents de leur âme, il rendait douloureux leurs visages, leurs sourires. J'avais de la chance, sans femme ni enfants nulle part, je n'avais aucun lieu vers lequel me tourner, je vivais sans leur torticolis. Les nostalgies sont des malarias qui ont besoin de l'humide des yeux. Les miens étaient secs comme un appât de calmar. Ceux qui ont quelqu'un d'autre ailleurs ont inventé les ponts. C'est une construction qui ne me serait pas venue à l'esprit.

C'est mal de voir des hommes qui le soir se passent une main sur le visage pour s'essuyer un rouge de paupières. C'est bien que les hommes aient des sentiments à larmes.

Sur la rampe nous étions au service de toutes sortes d'avions de fret et pour passagers. Les DC 8 amenaient des soldats qui partaient ou revenaient de permission et qui avaient des sacs militaires terriblement lourds. Nous les chargions et les déchargions à la main. Comme j'étais agile, c'était moi qui entrais dans la soute basse des bagages. Il y avait de gros avions de transport : les C 130 Hercules, les C 141 deux fois plus grands, et puis le plus puissant de tous, le C 5 Galaxy, un grand navire du ciel qui avait besoin d'une piste spéciale. Quand il arrivait, c'était toujours sans prévenir, en dehors de la fiche de travail du jour. On entendait de loin dans le ciel un bruit métallique de moteurs marins, sur la rampe on avait l'impression d'être près de la salle des machines d'un bateau. Il avait une voix différente de tous les autres avions. Pour nous, ces vacarmes mécaniques étaient des voix et nous les connaissions par leurs noms estropiés au passage de l'anglais au napolitain : 'o siuantùri était le C 130, C one thirty dans sa langue.

Nous vidions et remplissions à force de poussées : les chargements étaient organisés sur des « pallets » en acier, des plateaux coulissants qui glissaient sur les rails de la niche de chargement. Nous, nous poussions, nous étions des machines de poussée. Hors de la plaine c'était un gril d'asphalte à perte de vue, l'été il fumait d'air brûlé.

J'y ai passé deux étés, un de ceux très chauds d'événements. La Lybie devait avoir fort irrité les États-Unis et l'Otan, aussi dans la Méditerranée du sud s'était concentrée une vaste flotte avec deux porte-avions. Ceux-ci venaient s'approvisionner pour tout à Sigonella, faisant la navette avec les hélicoptères géants, noirs, les Chinook. Ils arrivaient par vagues. Charger et décharger au vol un Chinook est une expérience semblable à celle d'un morceau de fruit dans un mixeur. Les moteurs allumés, on entrait dans la soute qui vibrait et sursautait en crachant un boucan de tous les diables. Sur les deux côtés, les jets de l'hélicoptère lançaient un vent bouillant qui, si tu ne te baissais pas, te jetait par terre, pas encore cuit, mais plus tout à fait cru. La consigne était la plus frénétique rapidité. Ils partaient aussi parfois sans avoir terminé leur chargement, ils te jetaient dehors et au suivant. Quand c'était fini, nous nous retrouvions trempés de sueur dans nos combinaisons et l'air chaud de la rampe d'été nous semblait frais pendant cinq minutes.

Ce fut une saison de travail exaspéré par ce supplément de trafic. Nous, les ouvriers, étions possédés, des grillons qui sautaient d'une carcasse à l'autre de ces machines variées qui, du ciel, s'abattaient sur nous. Nous étions plus de cent, la majeure partie Catanais. Avec certains d'entre eux s'établit une amitié, de celles qui arrivent dans les moments d'urgence. Ce sont des rapports forts, loyaux, mais fondés sur l'état d'exception. Ils sont uniques, ils ne survivent pas. Ils laissent un souvenir comme un trou dans le mur, une cicatrice.

Dans les moments de pause, je voyais les nuages en forme de bol, nets et violets, autour de l'Etna. Les volcans s'entendent avec les nuages, comme un berger avec ses brebis. Ils les appellent, les rassemblent, pressent leur lait sur les rides du feu. Ainsi un homme de Naples, un ouvrier maigre sans gras de nostalgies, regardait le volcan au bout de la plaine et pensait aux routes secrètes des flammes qui unissaient le Vésuve d'enfance à l'Etna des cent bleus de travail des ouvriers. Un tracé de fourneaux souterrains apparentait les plus colossales bouches à feu du Sud, en passant par les Éoliennes. Avant de remonter à un Dieu unique qui remettait à zéro d'un seul coup dieux et divinités, ce devait être beau de s'adresser à l'épaule d'un volcan pour lui demander une aide, même rien qu'une prorogation.

Et quand il débordait de feu et carbonisait l'air, il devait être juste de lui offrir le sentiment de la terreur, par dévotion et non par esprit de conservation. Chez moi, on avait fait fortune avec les éruptions. Herculanum, Pompéi s'étaient parés comme des musées d'histoire foudroyée. De Sigonella, l'Etna nous appelait à nous retourner pendant nos roulements de nuit. Le bas du ciel sur le volcan était brûlé jusqu'au sang, comme nos yeux.

« Fravecammo 'a casa all'ate, sulo 'a nosta sta 'n prugetto », le proverbe amer des maçons me revenait à l'esprit à Sigonella. Nous étions au service des vols, mais nous, nous ne volions jamais. Ces Napolitains restaient cloués au sol et regardaient partir des moteurs vers toutes les destinations, même pour Capodichino, aéroport de leur ville. Que de fois ne les ai-je entendu dire par plaisanterie et par essoufflement : « Je me cache dans le chargement et d'ici une heure j'arrive à la maison. » Et, l'espace de cinq secondes, passait devant des yeux vides le visage de surprise des leurs s'ils les avaient vus débarquer à l'improviste. Et quand l'un d'eux me demandait : « Toi non ? », je répondais non mais de la tête seulement, car dire ce non-là était trop dur à entendre pour eux.

Enfin nous fûmes tous transférés, nous les Napolitains, et Catane prit fin.

Nous avons pris un avion, et nous sommes montés dedans sans bleu de travail. Pour eux, ce fut comme sortir d'une détention, pour moi rien qu'un changement de lit de camp. J'allais faire l'ouvrier de chantier à Milan, je changeais de bruit. L'usine des vols était finie.

LA CONJONCTION ET

À l'entrée du bois, je coupe les fils d'araignée qui enveloppent ses confins. Ce sont des sceaux tendus la nuit, ils dénoncent l'intrus. Je monte entre les premiers sapins ancrés comme des piliers et des fondations, j'appuie mon pied là où il ne fait pas de bruit. Pour être accueilli dans un bois, il faut chuchoter ses pas. Tant que j'avance, je suis un laissé passer. Si je m'arrête et que je m'assieds adossé à un tronc, je vois des familles d'arbres en mouvement. Quand je m'arrête c'est le bois qui bouge.

« Encore. »

Tous les fûts ne s'élancent pas à la verticale en suivant la ligne la plus droite pour monter vers la lumière. Certains forment un angle incliné vers le bas, ils pointent leur cime à l'oblique. Ils font un plus grand effort de racine. Ils risquent d'autres lignes, offrent un appui à la foudre qui a besoin d'invitation. Les arbres de haute mâture ont des branches vertes jusqu'au sol, les autres en haut seulement. C'est une hiérarchie. Dans le bois tu ne comprends pas la règle, les troncs sont disposés pêle-mêle, mais rien ne pousse sans leur permission.

« Encore. »

Celui qui venait avec un mulet et une hache savait enlever au bois. Celui qui vient avec un camion et une scie à moteur le laisse à nu. On ne le voit pas, mais le bois tremble quand le fer s'approche. Il n'a aucune défense. Contre la foudre, le bois sacrifie un arbre comme cible. Puis sur le pied brûlé s'enracine le champignon du souvenir, rouge de regret.

« Encore. »

Chaque gousse de lumière qui arrive jusqu'à terre est comptée, elle tombe comme d'un goutte-à-goutte. L'épaisseur des branches ouvre un chemin au rayon qui arrive à présent sur ta main. Les sapins ont déplacé la grille de l'ombre vers le haut. Pour laisser tomber sur tes cils le largo de lumière d'une feuille. Dans le bois, l'assemblée des arbres décide de tout. Ils t'ont accueillie, maintenant tu es la bienvenue parmi eux.

Ces mots sortaient de moi pour te tenir compagnie, ils faisaient sourire ton souffle arrêté pour se reposer. Tu laissais un moment les autres courir derrière les champignons. « Ce n'est pas une cueillette qu'ils font, mais une battue au cèpe. »

Nous nous étions dispersés, ou plutôt toi tu t'étais dispersée et moi je te suivais de loin, toi dépareillée du groupe. Je n'aime pas détacher des champignons de la terre, cette fois-là je venais pour te regarder. Ainsi les voix s'estompaient en haut et sur le côté, et toi, tu étais le dos appuyé à une pierre rembourrée de courtes aiguilles du mélèze. J'arrivai derrière toi sans bruit, mon pied sait le faire en montagne, il le cherche, pour être précis et de passage. Tu avais des yeux sur ta nuque aussi, les femmes ont un don de vue sur celui qui les suit. Les hommes, eux, ont ce sens orienté uniquement vers l'avant. Tu étais assise le visage en amont, je vins m'asseoir juste en face. Comme si c'était la chose la plus ordinaire nous nous trouvions dans le bois parfaitement à l'écart, ce qui n'était jamais arrivé avant et ne se reproduisit jamais. C'était le rendez-vous le mieux fixé, qui n'a nul besoin d'être pris, tranquille comme à l'heure habituelle. Je parlai du bois. Et toi tu demandais encore et tu écoutais les mots bohèmes qui lisaient au bois son dessin. « Comment sais-tu ? »

J'ai dormi dedans. J'y ai allumé un feu dans un cercle de pierres, j'ai brûlé des pommes de pin et des branches cassées. La neige est venue, le matin j'y ai lavé mes mains et mes yeux.

Arrivé au moment du récit où la lumière fut introduite par le bois et laissée étalée sur ta main et sur tes cils, tu m'as regardé droit, plus sur le front que dans les yeux. « Tu as dans la voix une ardeur réprimée, de celui qui vient d'un froid. » Et, à la naissance de mes cheveux où descendait une touche de lumière aussi pour moi, tu pointas une ouverture de sourire à faire fermer les yeux. Ainsi, tu t'es levée, ta respiration maîtrisée, la mienne coupée et tu es montée avec ton panier au bras encore vide. Je suis resté un peu. Le coin de lumière à ta place se recouvrait d'ombre.

C'était en août, il y a bien des années, tu étais une épouse, une mère d'enfants petits. Ce soir-là une occasion de chanter, une tablée de personnes en vacances réunies par une fête et puis deux voitures partent et un petit groupe s'en va continuer la musique sur un instrument à cordes dans une cabane à l'orée du bois. Tu vois, il est en sapin, nous le rapportons chez lui, dis-je de la guitare. Et avant d'arriver à la pièce des troncs, nous serrés l'un contre l'autre dans la voiture, toi tu as cherché ma main sous une couverture et tu l'as gardée. J'ai plissé les yeux pour étrangler le temps. Avec les yeux on y arrive. Quelqu'un se tourne vers nous et dit que le musicien s'est endormi.

J'ai aimé et connu les corps échauffés et pris dans l'enlacement, mais ton geste est un petit drapeau planté sur un sommet en plein vent, là où l'on ne peut monter vers une plus grande intimité, où celle qu'on a atteinte est inhabitable. De là, il faut descendre. Ça, je sais le dire maintenant. Alors, ta main a été la conjonction « et », la particule qui est entre deux noms et qui les accouple mieux que les étreintes et les baisers. Ta petite main serrée dans la mienne inutilement large, serrée à double tour, nous enfermait tous les deux dedans, tous les autres dehors.

À l'arrivée, je ne voulais pas la quitter, pas moi le premier, tu devais le faire toi. Tu l'as retirée tiède de caresse, tu l'as remise à sa place, en haut du poignet, du corps séparé. Nous avons fini par chanter dans la cabane, je cherchais ta voix dans le gonflement du chœur pour la rejoindre avec une troisième note, un contre-chant qui de deux gorges en faisait une et la guitare était un orgue de sapin parmi les sapins. La nuit avança et prit fin la cantate qui s'était prolongée dans le soir. Nous sommes remontés en voiture, sans nous mettre à côté, c'était normal. Nous deux, pas à côté et rien d'autre à ajouter au jour du bois et de la main offerte en conjonction.

J'en ai mis du temps à me répéter que c'était tout, que ce peu-là portait la plénitude de l'entier. Je ne comprends pas à temps, j'ai besoin d'aller et de repasser sur l'évidence pour l'admettre et l'oublier.

J'ai revu récemment la pièce des troncs, en revenant d'une course en montagne où, par amour de la montée, je mets un rythme de fanfare dans mes talons. J'y suis passé au retour en descendant, titubant de fatigue. Je suis entré. Nous étions là, sur le banc, nous deux vingt ans de moins au moins, il n'y avait pas les autres ni la guitare. Il y avait la couverture avec nos mains cachées dessous faisant leur conjonction.

Meydl, o meydl ikh'l bay dir fregn
vos ken vaksn, vaksn on regn
vos ken brenen un nit oyfhern
vos ken benken, veynen on trern ?
Narisher bokher vos darfstu fregn
a shteyn ken vaksn, vaksn on regn,
libe ken brenen un dit oyfhern
a harts ken benken, veynen on trern.

Hé ! Toi la fille dis-moi si tu sais
ce qui peut naître aussi sans eau,
ce qui peut brûler sans extinction,
et souffre et pleure sans les larmes.
Stupide garçon, que me demandes-tu ?
Sans eau pourra grandir une pierre,
sans extinction brûle l'amour
et sans larmes souffre et pleure un cœur.

(*Chanson populaire yiddish*)

VIN

Abstème jusqu'à dix-neuf ans et plein de jours, je n'aimais pas boire, même les boissons à la mousse retenue sous le bouchon. Je trouvais du goût aux eaux, je les reconnaissais : l'eau de pluie, de la fontaine publique, du robinet, du puits, de la neige et puis celle de mai, une eau à part qui faisait du bien aux yeux et sentait la foudre. L'eau bénite je ne l'ai pas bue, j'ai résisté à la tentation.

Autrefois, les aqueducs remplissaient les cruches des tables, on versait à boire par le tuyau de la cuisine. J'étais abstème, un bon goûteur d'eaux. Pas calme du tout, j'étais devenu sauvage tout jeune en quittant brusquement ma maison d'origine, en mangeant dans une autre ville les repas d'une cantine qui aigrissait les viscères. En quittant la table où il a grandi de tous les centimètres et les repas d'obligation, un homme se crée un vide à l'estomac, un angle aigu qui ne peut être atteint.

À la cantine aussi, pas de vin, je prenais part à d'autres fermentations. Tout autour piaffaient les révoltes de rue et elles m'avalaient. Avec tous ceux qui avaient poussé en même temps, j'étais pressé comme du raisin dans cette année mille neuf cent soixante-neuf, indécente et décisive. Des ouvriers agricoles fusillés par la police au sud, des bombes dans les banques au nord, des anarchistes inculpés à tort et exprès : c'était l'année de la colère, une colère pure. Pour beaucoup, elle devenait un tournant de non-retour à la suite de paroles impitoyables, de réplique. Les dire obligea à leur obéir. En tant qu'abstème, je peux dire à froid que ce ne fut pas une cuite, mais l'avènement à sec de la haine.

Dans le désordre nouveau, il y avait une place pour chacun. Pour tous, pour moi aussi, s'était même ajoutée l'aventure des amours tout neufs, qui n'excluaient personne, ni les pauvres ni les laids. Les filles, les femmes tombaient amoureuses dans un élan de générosité, elles répandaient du bonheur parmi ceux à qui ça n'arrivait jamais. C'est arrivé alors et jamais plus. C'était l'amour des insurgés, un cadeau de la fièvre politique, sans laquelle il ne pouvait naître. Étreintes et arrestations, lacrymogènes et baisers, et puis les nuits sur la colline du Janicule, aller pour chanter en chœur et se faire entendre des nôtres enfermés à l'intérieur de Regina Coeli. C'étaient les nouvelles sérénades, les voix des filles fendaient le noir.

Au bistrot, les camarades buvaient le vin pâle et soufré des Castelli, faible en degrés, tournant facilement en vinaigre. Sur la nappe en papier tachée de gras, j'écrivais un billet doux et je le remettais à ma petite amie, à son école, le jour suivant. Les nouveaux amants déchaînés n'avaient pas besoin de facteurs.

Je voyais boire du vin, une substance qui troublait les yeux des anciens et finissait en sanglots. Aux jeunes, il donnait une envie de bagarres, un peu de courage, mais il enlevait agilité et précision. Après le premier coup de poing sur la figure, il rendait honteux, parce que le vin, et non pas moi, avait repoussé l'insulte et l'insolent. Être abstème était un avantage déloyal.

Une autre fois, j'ai eu honte d'une gueule en sang, mais il était sobre lui aussi. Il se trouvait dans un groupe d'ouvriers qui voulait enfoncer de nuit la barrière où d'autres ouvriers veillaient pour garder fermée une usine en grève à outrance contre les licenciements. Nous les avons surpris dans les allées une nuit de brouillard et il y eut un premier sang, pas si grave que ça, mais du sang amer, dur à admettre même quand tu lui donnes raison. La jointure écorchée sur le visage frappé, prête à recommencer, et pourtant une douleur te saisit et désarme ta colère. Sans arriver au terminus de la pitié, tu t'arrêtes à la honte et tu laisses tomber.

L'amour était abstème, une pizza entamée entre les doigts à la tablée où nous étions serrés entre les autres et seuls avec plus de force encore, le vacarme de nos camarades protégeait notre intimité, la renforçait. La même chose est arrivée plus miraculeusement dans les salles des procès politiques à l'intérieur des grandes cages des enfermés en masse. Ils se mettaient debout, bien serrés et entre leurs souliers un couple s'allongeait pour se donner l'amour. Tout autour se tenait le cercle des carabiniers, puis venait le polygone de barreaux et dans le dernier anneau les corps des camarades faisant une haie à l'amour acharné et béni qui s'accouplait dans l'endroit le plus hostile, se glissant entre les mailles des chaînes. C'était ça le miracle, un coup de sainteté donné à la vie. Et des enfants sont même nés comme ça. Il arrive qu'on fête la naissance en captivité d'un petit panda, on fait mine de rien avec nos petits accouchés en prison.

Pour nous deux serrés dans la cohue des camarades, la confusion du bistrot bondé était semblable à une niche dans un bois où rester invisibles, à l'écart. Nous nous parlions à deux centimètres entre bouche et visage, chaque mot était un demi-baiser, arrivé à l'autre avec un goût de salade, de potage. Si un baiser nous échappait, c'était pour conclure notre dialogue. Une gaieté très grave développait l'amour. Il était loyal, sans l'effort de faire bonne impression, sans excuses ni grâces ou autres parties doubles. Et s'il finissait, tu le prenais en pleine figure qu'il finissait, qu'un des deux passait son chemin et pas de questionnaires, mais comment, pourquoi, comment est-ce arrivé, mais tu m'avais dit, écrit, fait : rien, car le monde éclatait en révoltes à suivre et toi avec tes coronaires constipées tu étais à gifler avant de faire rire. C'est juste, mais en attendant ça ne m'était encore jamais arrivé et je ne savais pas quel dégât faisait son absence. La fille poursuivait son chemin loin de moi et un dégoût de douleur me saisissait, j'étais abruti à force de m'endolorir autant, de pleurer derrière mes poings serrés. Celui qui choisit d'être du côté de la multitude peut-il donc rester éclopé par la perte d'intimité avec une seule personne ? Faire couple avec la multitude ne lui suffit-il pas ? La surprise de ne pas m'asseoir à côté, de m'asseoir et c'est tout, de parler aux autres et de ne pas la regarder tandis qu'elle m'écoutait, la surprise de parler et c'est tout, et le reste du travail sans un mot d'elle, le travail et c'est tout, elle me faisait tituber, la surprise. La solitude qui dresse les pires embûches dans la jeunesse, l'avais-je combattue avec elle ou avec la communauté des nombreux enragés de justice ? Alors je ne le savais pas et aujourd'hui je ne le sais plus, mais il a bien dû exister pour moi une heure où j'ai connu de quoi était fait l'envers des solitudes, le contraire de un.

En attendant, j'étais furieux contre moi qui tombais malade de mélancolie de ne plus la sentir à mon côté. Je devenais querelleur, au milieu d'une assemblée, si celui qui était debout sur l'estrade en train de parler ne me revenait pas, je l'attrapais par ses chaussures et je le tirais en bas. Il s'ensuivait une bagarre et il y avait ceux qui me donnaient raison. La colère politique s'infectait de mouvements enragés, d'ulcères enflammés. Le sommeil était mort, la nuit à la ronéo, à l'aube aux tracts, à midi aux chantiers pour s'entendre avec les ouvriers sur ce qu'il y avait à faire, et puis des réunions, et puis, et puis, sans pouvoir m'enlever quand même la paille des yeux.

Alors, un soir de décembre de l'année d'impatience mille neuf cent soixante-neuf, j'allai à Naples pour me remettre dans le cercle des visages. J'étais déjà un intrus. Je regardais à contrecœur l'endroit d'où je m'étais détaché. La mise au point réglée sur le tout près du visage aimé et sur l'ampleur d'une foule en cortège ne se fixait pas dans les pièces quittées, dans les usages. La nourriture de la maison était bonne, d'une bonté d'âme, elle contenait le soin, les assiettes ne faisaient pas de bruit, accompagnées et non pas brutalement posées. J'y trouvais un air d'hôpital : une année loin d'eux et j'étais tout retourné jusqu'à l'étourdissement, mais où avais-je été, de quelle guerre punique revenais-je aussi amoché ? Les yeux meurtris, j'accusais l'amour qui ne relâchait pas sa prise même dans les affrontements de rue. Dans ceux-là justement au contraire, je voulais montrer que tout était fini, que je me foutais bien d'elle et je montrais en revanche que c'était de ma vie dont je me foutais.

Ainsi, un soir de Naples et de décembre, avec la circonstance aggravante de l'année, dans le sous-sol de mon cousin Danny on fêtait un de leurs exploits. Je m'assis confortablement, toujours avec cette douleur aiguë d'absence à mon côté, et ils me présentèrent une belle jupe de paille entourant une bouteille, du nom de Chianti, je la pris par le col et me versai de sa bouche le premier verre de vin de ma vie. Je le goûtai, âpre, moi à jeun et traître envers l'eau : le dégât dans ma bouche affleura sur mon visage avec une grimace crispée sur les pommettes. Je la retins, c'était un masque qui m'était utile, bride et mors.

Un début de douceur détacha ma peine de mon flanc, il dura moins que rien. Je bus la deuxième gorgée, une pâte de crachat entre la bouche et le nez qui pouvait devenir un éternuement mais qui monta aux yeux : non, des larmes non, vite une autre gorgée me les fit ravaler. Mélangées au vin, elles l'adoucirent, ainsi vidai-je mon verre. Danny, le sous-sol, ses amis chantaient appuyés à une guitare, moi j'oscillais en mesure en serrant dans ma main la jupe de paille.

Danny m'avait appris les bons mouvements des doigts pour ma première chanson à la guitare, la première et non pas les autres qui viendraient toutes seules sous la pincée des cordes. Lui commençait, puis la suite m'appartenait. Je m'appuyai sur son vin et je titubai fort. Chaque gorgée était un coup de hache sur mes pieds, sous la table un bûcheron était en train de m'abattre. Quand je voulus me lever, je m'écroulai, les branches étalées, par terre. Ils me firent la grâce de ne pas s'occuper de moi, c'était un soir de leurs amours en cours. Au contact du sol, ma fureur fit une pause. C'était drôle d'entendre tout autour un chant de jeunes amoureux qui s'aimaient comme ça, à l'intérieur d'un soir, en chœur. Planté là sur le sol, je refusai d'être transporté. Ils me laissèrent sous une couverture. Je n'étais plus abstème, du tout.

Dans la période qui suivit, j'ai tenté de faire avec mon corps le miracle des noces de Cana. Plein d'eau, je voulais le transformer en plein de vin. Pas d'un seul coup, mais par une régulière substitution des liquides, en buvant autant que mon poids en eau. Ça m'a en partie réussi, avec mon crâne seulement. À la fin de l'expérience, je l'avais noyé. Avec lui, au fond du même étang de vin, il y avait le corps de l'amour perdu, une fille aux cheveux défaits était immobile, ne donnant plus de coups de griffes à mes tendons, à mes nerfs.

Il a fallu plus tard une hépatite virale pour me ramener à l'eau et aux papilles vierges. Ce fut une année d'intervalle et point à la ligne. Depuis lors, le vin n'est rien qu'une compagnie, pour équilibrer la journée avec un verre levé au niveau des yeux. Pour celui qui boit le soir, les gorgées sont des baisers à toutes les femmes absentes, et les yeux qui se baissent, une révérence.

Achevé d'imprimer
sur Roto-Page
par l'Imprimerie Floch
à Mayenne, le 5 février 2004.
Dépôt légal : février 2004.
1er dépôt légal : décembre 2003.
Numéro d'imprimeur : 59315.

ISBN 2-07-070967-1 / Imprimé en France.

04/03/06